戦後革新の墓碑銘

高木郁朗――著
中北浩爾――編

「戦後革新」には総評というかたちで労働組合が
中軸的な位置を占めてきたし、リベラル勢力の
結集という点でも連合に参加する労働組合への
期待が大きかった。つまり戦後革新といえ、
リベラルといえ、その中軸には「労働」がすわっていた。

旬報社

はじめに

僕は間もなく八三歳になるが、その人生の大半を「戦後革新」とよばれるもののなかで過ごしてきた。「戦後革新」は一九四五年八月一五日に始まる日本の現代史のうえで、とても大きな役割を演じた。

いまでは、「戦後革新」は、いってみれば、昔の夢となっている。とはいえ、「戦後革新」は、日本の現代史のエピソードとしてだけでなく、現在の政治状況を理解するための要素としても、一体それがなにものであったかを明らかにする必要があると思う。現在の自民党・公明党連立政権と対抗する政治勢力は、墓碑に「戦後革新」と書かれた墓石のすぐ脇で活動を展開しているはずである。

現代史の大半を彩る保守派の政権に、たえず対抗勢力としての役割を演じ続けた「戦後革新」の背景ははっきりしている。第二次世界大戦の惨禍を経たのちの平和と貧困からの脱却という二つの願望が広く国民のなかに存在したことだ。憲法九条に加え、生存権を含む基本的人権と政治的民主主義の保障を基軸とする「護憲」が「戦後革新」の拡がりに大きく貢献したことが、それを物語っている。

しかしそれをいうだけでは、「戦後革新」の特質を語ったことにはならない。その特質を示すためには、三つの要素を示す必要があると僕は思う。

一つ目は、さまざまな要素を含む顕在・潜在の「戦後革新」を結集する「軸」が、総評と社会党というかたちで存在したという事実である。その意味で「戦後革新」は「総評・社会党ブロック」といいかえてもいい。僕は、人生のかなり多くの部分を、この中軸のなかの裏方として、あるいは二つの組織のかなり直接的な関係者として活動してきた。

二つ目は、この「総評・社会党ブロック」には、それぞれの時期に、世間に名がよく知られ、ブロックの存在意義を高めるリーダーをもっていたことだ。これらのリーダーのまわりには、さまざまなサブリーダー、活動家などがいた。僕は、これらのリーダー、サブリーダーたちとさまざまなかたちでお付き合いさせていただいた。本書に登場していただくのは、そのなかのほんの一部にすぎない。

三つ目に、こうした「戦後革新」には、世間に著名な、あるいは無名の知識人たちが、それこそさまざまなかたちで、理論的な根拠を与えてきたという事実を指摘しておかなければならない。幸いなことに、僕は、「戦後革新」を飾った先生方の多くに直接に教えをいただいた。ここでもまた本書に登場していただくのは、そうした先生方の一部にすぎない。

というわけで、僕は、職業としての大学教師としての責務は別として、この三つの「戦後革新」の要素にかかわる人生を送ってきた。恥ずかしながら、本書はそのような人生を送ってきた僕の自伝であるが、それなりに「戦後革新」のもつ意味の一部を示すことができたらいいと、ひそかに念じている。同時に、そこには、なぜ「戦後革新」が日本の政治的主流となりえなかったのか、またそのままではなくとも時代の変化のなかで、日本の政治的主流となるべきものにそれがひきつがれえなかったのはなぜなのか、ということへの示唆を含めてもいるつもりである。

とはいえ、本書の多くの部分は、薄れつつある僕の記憶のかなたからよびおこした部分も多く、ある意味、気楽に読んでいただければ、それはそれでうれしい。

目次

第1章　貧しさのなかでの人生スタート

1　縄文時代を体験する

戦争と疎開の現実

僕が生まれたのは、一九三九年三月一〇日。生まれ、育った地は岐阜市殿町三丁目で、庭付き、二階建てのけっこう広い家だった。第二次世界大戦が終わるまで、三月一〇日は、日露戦争の奉天会戦勝利の日として、陸軍記念日とされていた。いくつのときだったかは覚えてないが、市街戦の演習らしきものを二階の窓からみていて、気持が昂った記憶がある。四歳になってからは、近所のお寺に併設されていた幼稚園に通っていたらしい。しかし、地震の予報がはいったらしく、園児が一斉に寺の境内に集まっていたというのが、わずかな記憶だ。

わが家は、母系家族で、曾祖父、祖父、父がすべていわゆる養子だった。祖父は離婚して家をでており、祖母は、早くに亡くなっていたため、曾祖父・曾祖母、父親・母親と、長男の僕、妹二人の変型三世代同居だった。戦後もう一人の妹が生まれた。父は教員だったせいか、兵役に召集されなかったが、近くに父の兄が住んでいて、その次男は、特攻隊に入り、死の飛行を免れて帰還した。帰還後は荒れに荒れたらしい。国鉄に就職後は、良きサラリーマンとしてすごしたようだ。

一九四五年に、岐阜市立梅林国民学校に入学した。「国民学校一年生……」という歌をうたったこと、近くの梅林公園に遠足にいったこと以外にはこれも記憶がない。教育勅語も聞いた覚えはない。

国民学校に入学する頃は、米軍の都市空爆がはげしくなっていた。曾祖父と父が家のなかの土間を掘って防空壕をつくり、空襲警報がなると家族全員が穴のなかに籠り、警報解除まで暗がりのなかですごした。

それでも危ないということで、六月頃だったと思うが、父親と、間もなく病没する曾祖父は岐阜に残り、曾祖母、母、妹たち、それに僕は疎開することとなった。疎開といっても学童疎開のような集団的なものではなく、家族の自主的な避難だった。疎開先は、大垣から国鉄、今でいえばＪＲ東海の東海道線の支線のある美濃赤坂の隣の青墓村昼飯《ひるい》というところにあるお寺だった。あとで知ったことだが、青墓は古代・中世の東山道の宿場で、平治の乱に破れた源義朝もここを通って逃げたそうだ。なぜここだったかはたしかではないが、曾祖母の出身地が隣村だったことで、何かの縁があったのだろう。美濃赤坂も青墓もいまは大垣市の一部となっている。ここでは、村立の青墓国民学校に通学したが、竹槍訓練を受けたことだけは記憶している。

記録によれば、一九四五年七月九日深夜、岐阜市の中心部が大規模な空爆にあった。この空爆による死者は八〇〇人以上、焼失した家屋は二万戸以上に及んだ。はるかはなれた疎開先から、岐阜市の方向にあたる東の空が真っ赤に燃え上がっている様子がよく見えた。この空爆で、僕の生まれ育った家は跡形もなく燃えてしまった。八月一五日の天皇の終戦の詔は校庭で聞いたような気もする。とにかく戦争が終わったことはわかった。

貧窮の小学生時代

学校が夏休みの最後の頃、父が疎開先に家族を迎えにきた。もとの家は借地の上に建てたもので、建て直すことはできなかった。そこで市街地の中心から少し離れた北一色というところに、曾祖父が買っておいた土地があるので、そこに家をたてて住むことにする、それまでのあいだは近所の農家の離れを借りて生活する、というのが父親のプランだった。そんなに荷物があったわけではないが、家族全員が疎開先から馬車で、トコトコと借りた農家の離れまでたどりついた。

離れの広さは六畳間で、曾祖母、父母、兄妹あわせて六人が住んだ。そのうえ、年末には母の妹、僕からすれば叔母が出産のためやってきた。出産の夜には、子どもたちは追い出され、寒空に星を眺めてすごした。

当時の北一色は、名古屋鉄道の市街鉄道である美濃町線の駅があった。その周辺には商店があり、市街地らしきものが形成されていたが、一歩、奥にはいると、ところどころに数軒かたまった集落があるほかは、田圃と畑と竹藪の世界だった。いまはすべて宅地と化して、当時の面影はまったくない。家の予定地はその田圃と畑の真ん中にあった。広さはちょうど一〇〇坪（約三三〇平方メートル）だった。濃尾平野のほぼ北端に位置していた。北側には金華山を主峰とする低い山々が連なり、金華山の山頂に模擬城として建てられていた岐阜城を眺めることができた。はるか西には、滋賀県との県境となる伊吹山がみられた。

家を新築するといっても、終戦直後に進行したハイパーインフレーションもあって材料も買うことができない。そこで父親が思いついたのが、焼け残りの廃材を利用することだった。勤め先などにあった廃材をやはり馬車で運びこみ、近所の大工と相談しつつ、加工して利用した。父は工作の教員だったから、こうした工夫は得意だったのだろう。基本的な枠組みは近所の大工がつくったが、あとは父親がほぼ一人で完成させた。僕も、壁塗りを手伝った記憶がある。

むろん、トイレはあった。間借りをした農家などでは、トイレは外の小屋のなかにあり、間借り人には便利であったが、冬の寒さは相当にこたえた。新築の家では、一応家の片隅にあったが、くみ取り式でどうにもならないほど臭かった。たまった糞尿の大部分は近所の農家がひきとり肥料にした。一部はわが家の畑にばらまかれた。ついでにいえば、尻をふく紙は、やわなトイレットペーパーなどというものではなく、固い新聞紙をきったものだった。新聞を読むくせは、トイレのなかでついたのかもしれない。

大した家だった。屋根はスレート瓦だったが、かつて使用されていたときにあけられたクギの穴がそのまま残り、天井がないためにそこから日光もさしこんだ。何年だったか、日蝕があり、穴を通して太陽が欠けていくのがよくみえた。それでも雨・風・地震に耐えた。のちに多少の造作で住みやすくはなったが、基本的には、この家で僕は六歳から一八歳まで一二年間をすごした。建て直されたのは、一九五九年の伊勢湾台風のあとだった。このとき、僕は大学三年生だったが、岐阜の家に帰っていた。ほとんど台風の進路の真下ということもあり、猛烈な風がふきまくり、雨戸はふきとび、家の中は、さまざまなものが吹き飛んでいて、危険をさけるために雨風のなか戸外に避難して、おさまるのを待った。というわけで家は建て直され、約一二年間住んだボロ家はなくなった。

六歳の秋の新学期から岐阜市立長森北小学校に通学した。各学年三クラスで、学級の人数は五〇人を超えていた。転校生の僕へのイジメとか、差別とかはまったくなく、何人もの友人もでき、通学を一緒にする仲間もいた。名古屋に本社がある鉄道会社の重役とか、ややのちには落選中の代議士の息子もいたが、多くは農家と理髪店など地元の小さな商店の息子、娘だった。お互い、特別視することもなく、少なくとも校内では、ごくふつうにつきあう仲間だった。墨が塗られた教科書には記憶がなく、最初はペラペラの紙に謄写版で印刷したようなものが教科書として使用されていた。教科として面白かったのは算数で、足し算、引き算は得意だった。本を読むのも好きだった。一方、音楽、図工、体育はからきしダメだった。父親が工作の教員で、妹のうち二人までは音楽大学をでたというのに、芸術関係の遺伝子は僕には伝わらなかったようだ。当時もいまも、俗語でいえば、チビで、校庭に整列するときは、いつも一番前だった。

四年のときだったと思うが、学校給食が始まった。いつも出るのは、コッペパンに、脱脂粉乳という組み合わせだった。おいしいものではなく、牛乳といえば、真っ白なはずなのに、煮立ててでてくるものは茶色がかったものだった。でもそれで飢えをしのげたことはアメリカ占領軍に感謝しなければなるまい。

そう、僕の小学校の時期は飢えにひんするほどの貧困生活だった。物価上昇に追いつかない父親の公務員賃金では、乏しい配給以外の食料を調達することはできなかった。どこまでがこの時代に共通する貧困なのか、僕の家がとくに貧困だったのかは、区別がつきにくい。同じく父親が教員をしていた友人の家は、近所にかなりの面積の畑があり、そのおかげで、飢えは免れていた。僕の家でも、庭を畑にして、さつまいもを栽培したりしたが、どん底の貧困生活をくつがえすにはとても及ばなかった。

僕が飢えを免れた方法は、狩猟採集民族だった日本人の祖先である縄文人とおなじであった。乏しい蛋白源をおぎなうために、米の収穫期から田植えの時期までのあいだは、他人の所有する田圃でタニシを採集し、稲が育つ頃にはイナゴをとった。タニシは、味噌であえ、イナゴは、足をとって油いためにして食した。少し余裕ができると、鶏と山羊を飼育して、鶏からは卵、山羊からは乳を採取した。当時流布していた説では牛の生乳には結核菌が入っている可能性があるが、山羊乳にはその心配がないということで、とれたての乳をそのまま飲んだ。山羊は近所を散歩させ、タダの草をたべさせた。草が少なくなる冬には、さつまいもの蔓を乾燥させておいたものをたべさせた。鶏には、米ぬかなどのほかに、生きたアメリカザリガニを与えた。ザリガニは、家の前の、小川とまでもいえないようなきれいな、メダカがたくさんいる小さな流れのすみにいくらでも隠れすんでいた。化学肥料と農薬の使用が多くなると、タニシもイナゴも、せせらぎのメダカも姿をみせなくなった。いまはこのせせらぎ自身が道路に姿を変えた。

そういえば大陸から日本列島に稲作技術をもって渡来した弥生人の生活も体験した。家の庭に小さな田圃があり、そこに田植えをして、もち米を植え、収穫した米は、年末に、近所で臼と杵を借りて餅をついて、きな粉や小豆のあんをまぶして食べるのが楽しみだった。

貧乏のなかで飢餓にまでならなかったのは、少し大げさにいえば、半自給自足経済のおかげだった。わが家での自給自足の主役は、ほかならぬ僕だった。山羊や鶏の世話のほか、さつまいもや大根の切り干しを屋根で乾燥させたり、古材をヨキと呼ぶ小型の斧で割ったりして風呂やかまど用に薪として整える仕事などもあり、それは忙しかった。当時の岐阜には学習塾などはなかったと思うが、あったとしてもとても行ける状態ではなかった。わずかに、毎週日曜日、父の友人が主宰する書道塾にかよったが、まったくモノにならなかった。

それでも、遊びがなかったわけではない。とくに、小学校の近くの特定郵便局長の子息であった友人の家にはよく遊びに行った。地域の名士の家らしくとても広い家で、畳の部屋で相撲をとったり、大騒ぎをしても文句をいわれなかった。本は暇をみつけてはよく読んだ。出版事情が多少よくなった頃、たしか講談社だったかと思うが、児童文学全集が発刊され、父親が順次買ってくれた。

なかでも面白かったのは、アレキサンダー・デューマの『三銃士』とヴィクトル・ユゴーの『ああ無情』(レ・ミゼラブル)だった。のちのことまでいうと、デューマでは『モンテ・クリスト伯』のとりこになってしまった。岩波文庫版の第一分冊などはなんども読みかえすうちにすりきれてしまい、買いなおすほどだった。『ああ無情』や、『ドン・キホーテ』や『ロビンソン・クルーソー漂流記』を高校や大学になってから、完訳版をよむと、児童文学書との違いに唖然とする思いになったことがある。

映画というものをはじめてみたのは小学校四年生のときだったか、五年生のときだったか。クラスの全員が先生に引率されて映画館に行った。見たのは戦前期につくられた最初のカラー版のディズニー映画『白雪姫』だった。きれいな画面にビックリした。ドワーフたちの歌声がいまでも耳に残っている。むろん、当時はテレビはなく、ラジオでNHKのニュースや連載ドラマの「鐘の鳴る丘」などを聞いた。

小学生の頃、ラジオで毎週聞いていたのが、番組名は忘れたが、最初の出だしがいつも福沢諭吉の『学問のすすめ』の冒頭にある「天は人の上に人をつくらず、人の下に人をつくらず」というフレーズで始まる三〇分番組だった。この番組には、「ロウクミ」と当時の慣用句でよばれる労働組合も登場したことを覚えている。

小学校高学年から中学生になると、父親が買っていた雑誌『リーダーズダイジェスト』を毎号読みふけった。新聞以外では、この時期、学校でふりまいた雑学的知識はもっぱらこの雑誌によるものだった。東大教授だった和田春樹さんが、何かのエッセイで、自分たちはリーダーズダイジェスト世代である、と書いていたと思うが、まったく同感だ。ちなみに和田さんとは直接の付き合いはないが、僕とは生年が一年違いのまったくの同世代で、お連れ合いは、僕が通った高校の同級生だという因縁がある。

マルクスとの邂逅——中学・高校時代

一九五一年には岐阜市立長森中学校に入った。この中学校は三つの小学校の進学先で、一学年に五〇人以上の生徒を有するクラスが六つあった。中学校は、旧陸軍の連隊あとに建てられていた。旧連隊の敷地はとても広く、一部が市営住宅となっていたが、多くの部分が中学校になり、広大な運動場をもっていた。運動場の南端にテニスコートが設置されていたが、雨の日には、霞んでみえなくなるほどだった。さらにその南には、前一色山とよばれる小さな山があり、生徒は昼休みなどに自由にのぼったりしていて、事実上、学校の敷地のようなものだった。生徒はこうした環境のなかで、のびのびと毎日を過ごしていたように思う。

小学校とは違って教科制で、ここではじめて社会科というものを勉強した。二年生以降は担任でもあった永田昭治という人がその担当だった。その後のことを考えると永田先生の影響は大きかった。先生は、授業の始まる前に、黒板に「憲法」という表題のもとに、「平和」とか、「人権」とか、「三権分立」とかの内容を書いておいて、授業が始まると、教科書を使って、その内容を、歴史的経緯を含めて説明した。僕の生涯全体についていえば、永田先生の社会科の授業は、僕が社会科学に強い関心をいだくきっかけとなったという点で、とても大きな影響を与えた。

永田先生は変な先生でもあった。当時は教員による宿直という制度があったが、永田先生は当時は独身でもあって、他の教員の宿直を肩代わりし、宿直室をねぐらのようにしていた。夕方、僕が帰ろうとすると、「高木君、米を五合買ってきてくれ」といい、いくらかのおカネをもたせた。五合というのは、いまでいえば七五〇グラムに相当する、笑ってしまうような量であったが、宿直室でちまちまと煮炊きをしていたに違いない。僕だけではない。僕の友人でもあるクラスの悪童たちが宿直室に夜遅くまで集まって、なにくれとなくオシャベリをするのが日課のようになっていた。

僕が中学校に入ってからもわが家の貧窮状態に変わりがなかった。ただ貧困の対処へのあり方が、半自給自足型から市場経済型に変わった。結果として、今度は問屋制手工業を体験することとなった。母親が、いまのような動力型ではなく、足踏みミシンを使って既製服製造の内職をはじめたからだ。当時の国鉄岐阜の駅前には、全国でも有数の既製服の問屋街があった。いまでもあることはあるが、かつてのような人だかりはなく、淋しい通りになっている。母親が担当したのは、たしかボックスと言ったと思うが、女性用のジャケットだった。問屋が、断裁した布を材料として持ち込み、縫製して完成品をつくり、問屋に集め、手間賃が支払われるという仕組みである。

母親の内職でも僕は活躍した。自転車で、問屋から材料をもってきたり、製品を届けたりすることは、けっこうあった。納期がせまっているときには、ボタン付けも手伝った。もっとも、生来ぶきっちょ（不器用）だった僕がやることだから、まともについていたかどうかは責任がもてない。それでも問屋の検査には合格した。

自転車はといえば、小学校の高学年に一生懸命練習して乗れるようになった。しかし、これも生来のぶきっちょのせいで、練習中にも、乗れるようになってからも、運転を誤り、道の下の田圃に転げ落ちた回数は数知れない。それでも大怪我はしなかった。

内職の手伝いだけでなく、あいかわらず結構忙しかった。わが家は、宗教的には浄土真宗東本願寺派に属していた。曾祖母は、熱心な信者で、いくつかのお寺の念仏会に参加するのが生きがいだった。しかしちょっと遠くなると歩いてはいけない。そのため、僕が自転車に乗せてあちこち連れていった。僕自身、「門前の小僧」になり、「キミョウムリョウジュニョライ」のお経に節を付けて唱えることができるようになった。七〇年たった今でも、お経のテキストさえあれば、ある程度はできる。

父親の代理もやった。その頃の町内会には、春・秋に、「おひまち」と称する行事があった。これは、集落の全世帯が出て、土とり場のある近所の山から土を運び、集落内の道路を補修するイベントだった。結構、いつものことだったが、父親に用事ができて、僕が代わりにでて行き、山まで荷車を引いて土運びをやった。そのうち、世帯内から労働力をだすかわりに、金銭の支払いで作業が免除されるという仕組みができて、僕も作業には参加しなくなった。共助の無償労働ともいえるこれらの仕事は、僕はきらいではなかった。

忙しいとはいえ、半自給自足時代よりは時間の余裕ができた。その分、勉強に身が入ったというよりは、友人たちとの付き合いが増えた。なかでも、長森南小学校出身の林博司君との付き合いは濃密だった。彼の家庭は、僕の家とおなじように、あるいはもっと厳しい経済状態にさらされていたようで、彼の家を訪れると、僕の家よりも吹きさらしのボロだった。そのボロ家で林君はラジオを自分で組立てたりしていた。何がきっかけかは忘れたが、毎週土曜日、片道一時間強をかけて金華山頂にのぼり、そこに設置されていた天文台で一泊して、望遠鏡などを借りて星々を眺めた。天文台長は親切な人で、星々や星座の名前だけでなく、モールス信号まで教えてくれた。僕ののちの人生には、直接に役にたつものではなかったが、いろいろモノを幅広く考えるうえでは、いい体験だったと思う。林君とは夏休みの宿題の自由論題をつくるために、三つの小学校下にある家々を自転車でめぐり、井戸の水質調査を行なったりもした。それこそ、現場調査の最初だった。

林君は、その後、名古屋大学に入学し、学位をとって生化学の教授になった。晩年になるまで一年に一度ぐらいはどこかで会い、互いの近況を報告しあった。彼のテーマの一つはガンとの闘いだった。その仮説は、細胞というものは、一定の刺激を与えると、ある方向に動いていく性格をもっており、ガン細胞も同じはずなので、ガン細胞が動く刺激が何であるかを発見し、ガン細胞を身体の先端の一箇所に集めれば、除去することが容易にできるはずだ、というものだった。「君がガンになる年齢までには、この仮説を実証するよ」というのが彼の口ぐせだった。実現すれば、ノーベル医学賞も授与されたかもしれないが、実現しないまま亡くなってしまった。中学時代から社会人になってからも、林君と僕はある種のライバルでもあり、なんでもはりあうところがあった。たとえば、後年、僕が総評（日本労働組合総評議会）や社会党（日本社会党）と関係していることを知りながら、共産党（日本共産党）の見解の方が正しい、などと議論をふっかけた。

たぶん、中学の卒業式のあとだったと思う。例のように、男女七、八人の悪童が、永田先生の周りに集まって、おしゃべりをしていた。話題は、大人になったら、どんな職業につくか、に集中した。ある女子生徒が、「高木君は口がうまいから、弁護士か評論家になるのがいいわ」といったら、悪童連の多くがこれに賛成した。僕自身は「口がうまい」という表現にはひっかかったが、ペンと口とを使う職業に進みたいと自分でも思っていた。

中学卒業後には、県立岐阜高校に入学した。のちに岐阜高校は県内の有力な進学校になり、入学をめぐる競争も激しくなるが、僕が入学した当時は、学区制のもとにあり、受験できる中学校は指定されていた。このため、志願者の倍率も一をわずかに超える程度で、高校受験に大きなエネルギーを裂く必要はなかった。長森中学から進学できる普通科高校は岐阜高校だけであり、五〇人のクラスのうち、受験したのは男女あわせて五人程度で、全員が合格した。むしろ人気があったのは、公立の二つの商業高校と一つの工業高校で、合わせて一五人ほどが受験・合格した。実業系の高校に進学した友人たちの多くは、その卒業後も地元に定着し、家業を引きついだ場合も、サラリーマンになった場合も、結構地元の名士として、地域で活躍している。高校進学に関しては、ここでも貧困の問題が作用した。クラスのなかで成績の良い一人の女子生徒は、家の貧困のために、中学卒業と同時に就職の道を選ばなければならなかった。

高校は長良川のすぐ近くにあった。高校には自転車で三〇分ほどかけて登校した。高校に入って新しくできた友人は、さらに三〇分ほどの遠くに家があったが、毎朝必ず呼びにきてくれた。帰りも、弁論部という共通のサークルに所属したこともあって一緒だった。ついでにいえば、弁論部でやったことは、学校の屋上で、「青年よ、大志を抱け」などといった短い言葉を大声で発声する訓練だった。ただ愛知大学に行っていた弁論部の二人の先輩が、中国の現状、とくに毛沢東の業績について心を込めて語ってくれたのは、興味深かった。また別の先輩は、雑誌『世界』をもってきて、いくつかの論文を解説してもくれた。おそらく、戦後革新の思想といったものに触れたのは、高校弁論部をつうじてのことだっただろう。

もう飢えにひんするほどのことはなくなっていたが、高校時代にも貧しさには変わりがなかった。通学路の近くに二軒の本屋があり、そこで本を買うのが楽しみだったが、その資金は昼食代として母親からもらうおカネを節約したものだった。岩波新書はよく入手した。いまでも強く印象が残っているものには、E・H・カー（清水幾太郎訳）『新しい社会』や羽仁五郎『ミケルアンヂェロ』などがある。

入学してショックを受けたのは学力差だった。中学時代には、あまり勉強はしなくても、多くの教科で相対評価の五が並ぶようないい成績がとれていたから、よくできる子だと自分で思っていた。ところが、岐阜市の中心部の二つの中学校から進学してきた同級生は、とてつもなくよくできた。とくに英語と数学がそうだった。おなじ市のなかでも、中心部と周辺部とでは大きな教育格差があったことになる。成績表には三という数字が並んだ。

貧しい家の子どもとしては、大学進学といっても、当時は私立と比較して授業料がとても安かった国立大学をめざすほかはなかったから、ようやく発奮して、受験勉強に励むこととなった。幸い、国語、英語、数学の教科の先生方は、とても優秀で、それぞれの科目のポイントをしっかり示していただけた。とくに英語の二人の教員は、性格は明暗まったくちがっていたが、文法と読解で、要点をとことん教えこんでくれた。僕は、後年、『ペンタゴン・キャピタリズム』やOECDの資料などの翻訳も出版したが、その能力は高校時代の受験教育によって与えられた。

東大をめざすようになったのは、いつ頃のことだったか忘れたが、たぶん親にその希望をうちあけたのは、高校二年のはじめだったろう。僕は、文学部に行き、西洋史学科か国史学科かで、近代史を勉強したい、という希望を述べた。当時の東大の入試体制では文科Ⅱ類を受験することになる。親かちはこれに反対された。文学部を出ても、いい就職先がない、というのがその理由だった。僕も折れて、法学部か経済学部に進学することになる文科Ⅰ類を受験することにした。

歴史を本格的に勉強したいと思ったのは、中学時代から歴史が好きだったということもあるが、まったくたまたまに、岩波文庫版のK・マルクス『ルイ・ボナパルトのブリュメール十八日』を読んで、衝撃を受けたのが決め手だった。この本の冒頭は「歴史は二度繰り返す、一度目は悲劇として、二度目は喜劇として」というヘーゲルからの引用で飾られている。二度目の方の「喜劇」という部分は、のちに読んだマルクス・エンゲルス全集版では「茶番劇」となっており、ニュアンスとしてはこちらの方がいいのかもしれない。この書はナポレオン三世によるクーデターの勝利にいたる経緯を、階級対立とそのなかでの個々人の動きがかみあって示されていた。「階級対立」という考え方にはじめてふれたのも、この著作を通じてであった。

というわけで、東大の文科I類を受験することに決めてからは、ほんとうによく勉強した。何しろ、英語、国語のほか、数学、理科、社会が各二科目で、合計八科目を制覇しなければならないのだから、それは大変だった。「五当六落」(就寝時間が五時間以内なら合格、六時間以上なら不合格)ほどではなかったが……。はじめの頃、夜遅くまでつきあって夜食などをつくってくれたのは曾祖母だったが、高校二年のときに亡くなった。

受験勉強に全力をあげたとはいえ、ほかのこともやった。二年のときには、友人たち数人とグループをつくり、当時養老院といっていた高齢者介護施設の慰問も行なった。いまでいうボランティア活動だった。二年生の後期と三年の前期に生徒会長もやった。といっても責任も権限もあるわけではなく、昼休みに、野球部の応援にでかけて応援団の旗をふるのが役目だった。大失敗だったのは、甲子園に行けなかったことだ。どうせ予選で敗退すると思って、高校三年の夏休みには、東京の駿台予備校の四谷にあった校舎を予約していたところ、甲子園出場が決まってしまった。悩んだすえ、任務を放棄して、上京した。友人や野球部から文句は言われなかったが、個人の利益を優先してしまったという思いが残った。

駿台予備校には、東大などの教員が出講していたが、数学の教師が「覚える」といい、歴史の教員が「考える」といったのが印象的だった。

ながながと、大学入学までの自分史を書いたが、それはそのなかに僕が「戦後革新」とかかわることになった契機があると思うからだ。その内容を端的にいえば、幼いながらも疎開や戦災というかたちで体験した戦争体験、戦争が大きな原因であった貧窮生活、民主主義教育、書籍との邂逅、それによき仲間たちと戦後教育を担った先生たちだったように思う。

2　東大三鷹寮と駒場歴研

三鷹寮に入寮する

一九五七年四月、東京渋谷に近い駒場にある東京大学教養学部文科I類に入学した。教養学部は、旧制高校の伝統をひくリベラルアーツの牙城だった。一部に教養学科というかたちで専門学科もあったが、大半の学生は一年半かけて人文科学、社会科学、自然科学の三分野にわたる一般教養と語学、体育などを学ぶことになっていた。その間に、文科I類であれば、法学部か経済学部か、レアケースとして、教養学科や文学部の社会学科など、進学先の学部・学科を選択するという仕組みになっていた。入学の時点では、僕は法学部政治学科に進学して、政治史を勉強したいと考えていた。

誰でも、また今でもそうだが、地方から東京の大学に入学する場合、まずみつけなければならないのは生活の場だ。わが家の経済状態からすれば、大学の寮にはいるのが選択の余地のない方法だった。教養学部の男子寮には駒場寮と三鷹寮の二つがあったが、希望者は親の経済力によって選別され、僕の場合には、親にある程度の経済力があると判別されて、三鷹寮にはいることになった。結果的にこれは僕の人生を決めた。

三鷹寮は、旧制の東京高校のものを引き継いだもので、東寮、西寮、南寮の三つの居住用の建物、食堂、事務室で構成されていた。過去形でいうのは、三鷹寮はその後国際寮に生まれ変わり、すっかり様変わりしてしまったからだ。新入生はまず東寮に入居するのが慣例だった。僕には、東寮の二階の階段にもっとも近い部屋が割り当てられた。部屋の定員は八人、向かい側に二部屋、つまり一六人分の勉強室が用意されていた。八人部屋の方には、二段ベッドが壁に沿って備えつけられていた。僕は二段ベッドの二階をいただいた。この二階の反対側にはもう一人の寮生がおり、それぞれ、北と南を枕にしていたが、ほとんど足がくっつくほどの狭さだった。

ここで同室となったのが、山田陽一君だった。彼とは、それ以来終生の友となった。山田君はまたあとで登場するが、「戦後革新」のもっとも重要な構成要素である総評の国際担当の中心人物として活躍し、労働戦線統一後には連合（日本労働組合総連合会）の国際政策局長、ＪＩＬＡＦ（国際労働財団）の専務理事としても活躍することになる。入寮当時の事情でいえば、彼は、終戦時北京にいたこともあって、日本での就学が遅れ、僕よりは四年年上だった。一八歳時点で四年の差は大きく、人生経験も豊富で、たちまち部屋のボス的存在となった。大阪出身の大門嗣二君もいた。彼は、法学部卒業後、一時、自治労（全日本自治団体労働組合）の書記局に入ったが、大学にもどり、司法試験に合格して、長野で弁護士になった。直接に確かめたわけではないが、長野では共産党の有力なリーダーだったそうだ。二年になるとき、西寮の三人部屋への部屋替えがあり、山田、大門、僕が一緒に住んだ。

あとのことをいえば、この三人に、勉強部屋で同室だった元寮生など合計一三人が集まって、錯和（チョンボ）会という名の同好会をつくり、大学卒業後のある時期から毎年一回、一泊ないし二泊の旅行を続けてきた。このなかには、二人の激越な保守主義者もいて、夜には激論が闘わされたこともあるが、多数派は戦後革新への心情的な同調者だった。うち一人は日放労（日本放送労働組合）の専従執行委員をやったこともある。残念なことに二〇二〇年現在では五人にまで減ってしまった。それもこの年の新型コロナ・ウイルスのせいで、五〇年以上にわたって続いた伝統がついえた。

寮の話にもどると、食事のことは忘れることができない。夕食のメインのおかずは、やや極端にいえば、いつもステーキとかカツとかの鯨料理だった。月三七〇〇円と安い寮費のなかの食費で、食堂のおばさんたちがなんとかヤリクリしていくためには、当時は安価だった鯨中心にならざるをえなかったのだろう。捕鯨は日本の伝統産業だとか理由をつけて、国際捕鯨条約から脱退したが、僕は、三鷹寮の時代に、一生分以上を食べてしまったから、二度とあのすじすじの鯨のステーキは食べたくもない。

駒場歴研に参加する

教養学部のキャンパスがある駒場に行って、教養学部の本館を歩いていたら、歴史学研究会という看板のかかったサークルの部屋があった。その向かい側の部屋の看板は社会科学研究会、通称「社研」だった。前述のように、僕は歴史に大きな興味をもっていたので、「ああ、ここにはいればいいんだ」と、ごく自然にこの通称「歴研《れっけん》」に入会した。歴研の部屋には、ほとんど毎日、入りびたった。

歴研には一年先輩に、そうそうたるメンバーがいた。青木昌彦、三谷太一郎、見田宗介といった人びとである。青木さんは京都大学、スタンフォード大学、三谷さんと見田さんは東大で、いずれも著名な教授となった。これらの先輩たちは、日本資本主義の現状について、きびしい論議をしていた。

三人のあいだでは、論議の仕方がちがっていた。青木さんは、手を振り上げたりして、とうとうと、筋道をたてて論じた。僕が国家独占資本主義という用語をきいたのは、このときがはじめてだったように思う。これに対して、のちに社会学者となり、真紀悠介のペンネームでも活躍することになる見田さんは、「寸鉄人を刺す」の言葉どおり、議論を一言で片づけてしまうという感じだった。三谷さんは、論理のとんでいるところなどを細かくポイントをつく、という役割だった。新入の会員には、僕のほか、安保闘争による警視庁機動隊との衝突のなかで死亡することになる樺美智子さんもいたが、最初の頃はこうした議論についていくのがやっとのことだった。

このような議論は、学問的な真理追究としてのみ行なわれたものではなかった。学生運動の実践活動と密接に結びついていた。歴研は、その意味では、学生運動の巣とでもいうべき内容をもっていた。この当時、共産党員やその青年組織である民青（日本民主青年同盟）を含む活動家たちは、六全協（第六回全国協議会）以降の共産党の路線に批判を強めていた。翌年の一九五八年には、これらの学生によってブント（共産主義者同盟）が結成され、大衆団体として組織されていた反戦学同（反戦学生同盟）も、社学同（社会主義学生同盟）になった。ブントの実践面のリーダーは別にいたが、青木さんは、姫岡玲治のペンネームで、理論面で最高指導者の役割を果たしていた。歴研は、新左翼系の学生運動を育てるゆりかごのような役割を果たしたといえる。青木さんは、その後、社会運動からはまったく離れてしまったが、渡米後も、一年に一回は帰国して、初期のブントの仲間たちと歓談する機会をもっていたようである。

むろん、すべての共産党の学生党員や民青の参加者がブントに参加したわけではなかった。たとえば歴研の向かいにある社研で、一年生でありながらの主のようにしていた坂野潤治さんは、その時点では共産党に残留したようだ。坂野さんは、のち、東大社会科学研究所教授となり、日本近代史を研究領域としたが、社会民主主義の研究もある。東大法学部教授となった三谷さんとともに、この本の企画者であり、全面的な協力者でもある中北浩爾さんの指導教員である。僕自身は、反戦学同の時期には、誘われて会合に参加したこともあったが、ブント、社学同には参加しなかった。何かエリート主義の臭いがして、貧しい庶民の子どもとして育ったものには、肌があわない感じがしたことが大きかったと思う。歴研内の二、三人の友人とともに、主体性派を称し、ブントでもなく、共産党でもない活動の道筋がないものかをさがすことになった。社会党に接近する素地はこのあたりにあったと思われる。

歴研にいりびたりとはいえ、授業にまったくでなかったわけではなかった。文科系の授業の多くは大教室で行なわれたが、西洋史や法学概論の講義は興味深かった。なかでも面白かったのは、相原茂教授の経済学で、基本的にはマルクス経済学の基礎的な部分を具体例をあげて解説するというのが内容であったが、最後の方では、独占価格の形成といういわゆる近代経済学の考え方にまで及んだ。最初の講義で、相原教授は、「君たちはカネもうけのために経済学を勉強しようと思うかもしれないが、それはまったく間違っている。その証拠に、一部を除いて経済学者は貧乏である」と述べた。相原教授は、何の機会だったか忘れたが、三鷹寮にお呼びしたことがある。二年生になった頃だった。先生からは、人民戦線事件で逮捕・拘禁された経験など、興味深い話が聞けた。日本のマルクス経済学の流派には講座派と労農派があり、どこが違うかをある程度体系的に理解できるようになったのもこのときであった。入学当初とは違って、法学部ではなく、経済学部に進学しようと考えた動機の一つは相原教授の講義にあった。

相原先生の勉強会はもう一つ、思いがけない収穫をもたらした。会合に同席した秋山順一君と知りあったことである。彼は、北海道から上京して入寮していたが、その後、さまざまな場面で、行動をともにしてくれるようになった。駒場ではおなじ北海道の出身ということで横路孝弘君を紹介してくれ、さらに一年あとには、横路君をつうじて江田五月君と知り合い、二人とも社会党の有力幹部の二世であったが、東大のなかの社会党系の厚みが増すこととなった。秋山君は、理学部を卒業したのち、全国一般（全国一般労働組合）のスタッフになった。本人が言ったわけではないが、友人たちからは、「高木さんが秋山君を労働運動に引きずりこまなければ、原発時代の優秀な原子力物理学者になったのに」といわれたこともある。秋山君はあとでふたたび登場することになる。

二年になってからであるが、専門学部の教員が担当する教養学部のゼミというものがあり、僕は法学部の小林直樹教授のゼミに参加した。小林教授は、法哲学の担当だったが、のちに憲法の教授に変わり、一九八〇年代の後半には自衛隊について「違憲・合法論」の考え方を提起して、その当時の石橋政嗣社会党委員長にも影響を及ぼし、「戦後革新」に大きな衝撃を与えることとなる。

相原、小林両教授とは、卒業後もなんどかお目にかかる機会があった。僕のことを覚えていていただいたようで、個人的にもいろいろ親切にご指導いただいた。

3　東大経済学部

大河内ゼミのことなど

二年生の後期からは、あいかわらず駒場にいるものの、身分は専門学部に所属することになる。一九五九年になり、三年次の前期からは、本郷キャンパスに移った。当時、経済学部は、全員いずれかのゼミ、正式には演習に所属しなければならなかった。僕はほとんど迷わず、大河内一男教授のゼミを選んだ。迷わなかったのは、やはり『ルイ・ボナパルトのブリュメール十八日』と歴研の論議の影響で、労働問題こそが歴史を決めていく、と信ずるようになっていたからだ。労働問題を看板とするのは大河内ゼミだけだった。

大学を卒業して二〇年ほどたった頃、大河内先生から手書きを巻紙に印刷した手紙がきた。自分はもう先が長くないので、ゼミの卒業生の皆ともう一度歓談したい、それについては湯河原の天野屋旅館に集合してほしい、というのがその内容だった。天野屋旅館は、大逆事件のまえ、幸徳秋水が常宿にしていたそうだ。大河内先生には『幸徳秋水と片山潜』という著作もあり、この会合に出席した全員に配布されたような記憶がある。ついでながら、この本に書かれていた幸徳・田添(鉄二)論争のくだりでは、幸徳のゼネスト論に対して、相手が門戸を開いている場合には、堂々と玄関から入っていけばいいではないか、という田添の意見に僕は強く共感した。

この会合には、大学院の演習も含めて、ほんとうに大勢のゼミ出身者が集まった。たしかめたわけではないが、大学院で指導を受けた人びとを含め、二〇〇人に近かったのではないか。東京からスシ職人などもよばれ、屋台もつくられた。

「団塊の世代」などの造語を含めて、すでにとびきりの有名人となっていた堺屋太一さんもここにきていた。堺屋さんは僕の一年先輩で、本名を池口小太郎といった。席がすぐ近くだったので、「なぜ大河内ゼミにはいったのですか」と聞いたら、「単位がいちばんかんたんにとれるゼミだと聞いていたから」というのがその答えだった。まあ、半分は冗談だったのだろうが。とにかく、ゼミの選び方はいろいろだった。僕の場合は労働問題をやりたいというのが願いだった。

ゼミのなかでは、最初の数回は先生が出稼ぎ型賃労働について話をし、それがもとになって、年功賃金や長期雇用が成立していると説明された。大河内ゼミには、氏原正治郎東大社会科学研究所助教授と高梨昌信州大学助教授がでてきていた。とくに僕たちが四年次になると、大河内先生が経済学部長に就任したという事情もあって、もっぱらこの二人が演習の指導の任にあたられた。この二人は労働の現場に行き、そこで何がおきているかを明らかにするという研究手法をもっており、指導内容も本を読むとか、個別にレポートを書くとかということよりは、現場で、あるいは労働組合のリーダーにゼミにきてもらって、聞き取り調査を行なうことに力が注がれた。

ちょうどこの頃、東大社会科学研究所の研究業績として『労働組合の構造と機能』という名の大きな書物が刊行された。編者としては、大河内一男、氏原正治郎、藤田若雄の三人の名前が付されており、高梨先生を含む多くの大河内門下生が研究と執筆に参加していたが、実質的な研究指導は、氏原、藤田の二人だったと思われる。この研究のなかには、三井・三池、北陸鉄道のように、いわゆる職場闘争で、労働組合の実力を示す事例が多く含まれていた。この調査は、たんに調査のための調査というだけでなく、調査の進行と並行して、総評のなかで論議がすすめられていた「組織綱領」のあり方と密接にかかわっていた。その意味では、氏原、高梨両先生が実質的に指導する大河内ゼミは、ゼミ参加者たちが知らないあいだに、「戦後革新」の中心部分の論議にふれあっていたといえる。

氏原先生には、ゼミ調査の一環として、巨摩大工の調査に山梨県に連れていってもらったことがある。巨摩大工というのは同県巨摩郡の大工集団という意味で、山地で耕作地が少ないことから、周辺の建設、建築の仕事を引き受けていた職人的な労働者グループだった。その日の夜は、石和温泉でとまった。大浴場に皆で入り、先生とも裸の付き合いをさせてもらった。そのとき、洗い場で、氏原先生は、突然、大きな声で、「君、ビヘイビアだよ、ビヘイビア」といわれた。

ここでのビヘイビアというのは、行動科学のように方程式によって解かれるものとは異なって、もっと人間的なもので、労働問題をみる場合、おかれた条件のもとで、労働組合のリーダーや組合員など当事者がどのような行動をとるか、というのがその内容だった。そのような行動の発見がもっとも重要で、現場調査のポイントもここにおかれなければならない、という趣旨だったと思う。こうあるべきだ、というまえに、どんな行動をとっているか、またそれはなぜか、をみることが最重要であるという、風呂場のゼミは、僕の人生のその後をかなりの程度に規定した。

大内力先生のこと

本郷キャンパスに移った頃は、あとで示すように、社会運動へのかかわりが増えたこともあって、ゼミ以外の専門科目の講義には欠席することが多くなった。そのなかで、できるだけ出席をして、講義をきいたのは、当時は助教授だった大内力先生の農政学だった。農政学だから、むろん農業問題も論議される。しかし、むしろ中心は、農業問題がおかれている資本主義の現状だった。大内先生は、堺利彦、山川均と受け継がれてきた労農派の小旗を、父親の大内兵衛氏を経由してひきついでおられたから、経済学派としての労農派のチャンピオンとしての立場をもっておられた。ちなみに、この旗は、東北大学教授だった大内秀明さんが引き継いだ。

労農派と対立するマルクス経済学の学派で、共産党の理論的柱となっていた講座派は、「半封建・半資本主義」といった日本資本主義の「型」の抽出を重視した。これに対して、労農派は、資本主義の展開のプロセスを究明しようとしたところに特徴があった。労農派の理論的枠組みの軸がプロセスにあるといっても、のちに本稿にあらためて登場することになる向坂逸郎先生に代表される労農派の古典的な考え方では、Ｋ・マルクスの『資本論』に描かれる資本主義経済の原理に接近していく姿が重視された。さまざまな事象を列挙して、日本もまた『資本論』に示される純粋な資本主義経済に接近しているのかを示すのが、古典的な労農派の手法だった。

こうした古典的な労農派に対して異論を唱えて成立していたのが、宇野弘蔵教授の理論であり、宇野理論を基本とする研究者集団は宇野シューレと呼ばれていた。宇野理論の特徴は、経済学の研究手法に、純粋の資本主義経済の姿を確定する原理論、資本主義の発展の特徴を研究する段階論、各国の資本主義の現状を分析する現状分析という三つのレベルがあるとする点にあった。大内力先生が講義で力説されていたのは、少なくとも僕がそう受けとめたのは、このうちの段階論だった。資本主義の展開には、商業資本、産業資本、金融資本という主要な担い手があり、それにしたがって、重商主義、自由主義、帝国主義という三つの段階があると説明された。大内先生の講義はそのような段階論を軸とするもので、黒板に資本主義の原理を示す横線を引き、重商主義から自由主義にかけて実際の資本主義がこれに接近し、ついで帝国主義の段階にかけて原理線からはなれていくカーブを描かれた。

大内力先生には、先生が高橋正雄先生のあとの平和経済計画会議理事長をされたこともあって、いろいろな場面で、教えをいただいた。僕自身、先生の著作はすべて読んだ。

ずっと、のちの一九九〇年代の終わりの頃、東大農学部の田中学さんと一緒に、首都圏コープの研修会の企画とマネージメントを引き受けたことがあり、その講師として大内先生をお呼びしたことがあった。そこで先生がいわれたのは、いまは、「空想から科学へ」の時代ではなく、われわれは「科学から空想へ」でなければならない、というものだった。いうまでもなく、これはマルクスの著作名をもじって逆転させたもので、どのような社会がいいか、どのような社会をつくりたいのか、にもとづいて構想力をもつことが必要だ、ということだったと思う。のちにくわしく述べるが、ちょうど社会党の『新宣言』の草案でおなじようなことを書いたあとの時期だったので、強く共感した。

先生の晩年には、やはり田中学さんらとともに、先生の生涯についての聞き取りを行ない、それをもとに、先生は『埋火《うずめび》』というタイトルで、自伝的な本を出版された。この本は、本書以上に、戦後革新の「墓碑銘」としての性格をもっている。

大内先生に限らず、当時の東大経済学部の多数派の教員が、程度の差はあれ、なんらかのかたちでマルクス経済学をとりいれていた。大河内先生の場合には、『スミスとリスト』の著作に示されるように、古典派や歴史学派など、信じられないような広さの学識をお持ちだったが、先生の総資本の合理性とされる「社会政策の本質」の根拠の少なくとも一つは、『資本論』の労働時間に関する記述にあると思われる。こうして経済学部全体としてマルクス風味の経済学であり、その意味で、戦後革新の思想のあり方と深くかかわっていたといえるが、そのことが諸先生方の政府の政策形成への協力に阻害になったわけではなかった。すでに東大は退官されていたが、有沢広巳教授は、社会党系のシンクタンクである平和経済計画会議、現在の生活研（生活経済政策研究所）の創設者の一人であると同時に、政府のエネルギー政策に深く関与された。大河内先生は社会保障制度審議会の、大内力先生は雇用審議会の会長をつとめられた。

話は遠くにまできてしまったようだ。ここで、またテーマを三鷹寮時代に戻そう。

第2章　安保と三池のなかで

1　仲井・初岡両氏と知り合う

砂川闘争と勤評反対闘争

話は少し前に戻る。僕がいわゆる実践活動に一兵卒として参加したのは砂川基地拡張反対闘争のなかでのことだった。砂川闘争は一九五五年にはじまり、五六年にも反対派や支援者と警官隊との衝突が続いていた。一九五七年にも、拡張のための測量阻止ということで、社会党や総評などが大量に現地動員していた。きっかけはよく覚えていないが、たぶん歴研の誰かと一緒に日比谷野外音楽堂での全学連（全日本学生自治会総連合）の集会に行き、香山健一委員長の名演説を聞いたせいだったと思う。夏休みの直前のことだったが、泊まり込みを予定して、毛布を一枚背負って現地にでかけた。このときの闘争で、全学連の学生や労働組合員の一部が基地内に立ち入ったとして逮捕された。東京地裁で伊達秋雄裁判長は、アメリカ軍の駐留は違憲であるとして、被逮捕者全員に無罪をいいわたした。これが、有名な伊達判決だった。

伊達判決そのものは、最終的には上告審で取り消されてしまうが、「戦後革新」のより所として大きな役割を果たした。当時、社学同グループに属して、歴研に出入りしていた吉沢弘久君は、死に至るまで「伊達判決を生かす会」の主要リーダーとして活動した。吉沢君とは学生時代には、あまり親しくしたわけではないが、やがて彼は、自治労の書記局員となり、国際畑で活躍するようになって、いろいろな機会によく話しあった。

たぶん、「戦後革新」の本格的な登場は、社会党の左右が統一し、その一方、保守合同で自民党が成立した一九五五年の翌年に行なわれた参議院選挙で、社会党が三分の一の護憲議席を確保したときだったと思う。それには総評が全面的にバックアップした。共産党も一九五五年に六全協を開き、武装闘争の放棄を決めていた。そうした政治面での動きと連動するかたちで、大衆運動の側面では、「戦後革新」の本格的な登場は、砂川闘争だったのではないか。そうだとすれば、僕は「戦後革新」のほぼ最初の時点から、後々のことまでいえば、その終焉にいたるまで、つきあうこととなる。

実は、僕の砂川との付き合いは、この時点で終わらなかった。のちに述べることだが、僕は一九六四年に結婚した。結婚後最初に住んだのが、立川基地の三番ゲートのすぐ近くにある新築の二軒長屋のうちの一軒だった。金額は忘れたが、家賃がとても安いのが魅力的だった。紹介してくれたのは、砂川の町会議員で、砂川基地拡張反対同盟の中心的リーダーだった石野昇さんだった。石野さんは、反対同盟の宣伝部長として「土地に杭はうたれても、心に杭はうたれない」の名句を残した。石野さんは全電通（全国電気通信労働組合）幹部の出身だったが、地域に骨を埋めた。

砂川闘争に続いたのが、日教組（日本教職員組合）を中心とする勤評闘争（勤務評定反対闘争）だった。公立学校教員に対する勤務評定の動きは、一九五六年に、従来の公選制から自治体首長による任命制に教育委員会制度が変更された直後から愛媛県などで始まり、一九五八年には文部省が都道府県に勤務評定についての報告書の提出を求めたことから全国化した。日教組は、自身の闘争体制の強化をはかるとともに、地域での共闘体制をつくることを重視した。この方針にもとづいて全国各地につくられたのが、勤評反対地域共闘会議だった。地域共闘は、すぐのちに始まる安保改定阻止闘争での地域共闘のモデルともなった。

当時、おなじように人口一〇万人程度だった三鷹市と武蔵野市の総評・中立系の労働組合は、共同して武三地区労という組織をつくっていた。あとで知ったことだが、武蔵野には国労（国鉄労働組合）の電車区分会があり、三鷹にはプリンスや富士重工、武蔵野には横河電機の工場もあって総評全国金属の組織が力をもっていた。春になると、これらの工場には、賃上げを要求するのぼりや赤い旗がたった。僕が春闘なるものをこの目で知ったのはこれらの工場の赤旗だった。社会党は、三鷹、武蔵野両市で、これらの勢力を背景に、それぞれ都会議員をもっていた。労働組合組織を基盤に、個人も加えてつくられたのが、勤評反対武三地区共闘会議だった。

たまたまビラか何かで共闘会議が開かれることを知って僕はこれに参加した。なにが議論されていたかはよく覚えていないが、議論を仕切っていたのは、平井潔さんだった。平井さんは、中央線の武蔵境駅前にある本屋のおやじだったが、初期のジェンダー問題の論客として知られていた。共産党員だったと思う。

社会党からきていたのは、教組出身で武蔵野選出の都会議員の実川博さんだった。実川さんとは会場で話し合う機会があり、なんとなく気が合った。武三勤評反対共闘会議には二、三回でた程度だったが、実川さんとは親しくなり、その自宅でこの地区の組合リーダーが集まる研究会のような会合にはときどき参加させてもらった。

仲井・初岡両氏と知り合う

武三勤評反対共闘会議にでていったことは、僕の人生全体を決めることとつながった。たぶん実川さんから、東大三鷹寮に社会党に興味がある変な寮生がいる、といった情報を仕入れたのだろうと想像するが、社会党の青年部長をしていた仲井富さんが三鷹寮に僕を尋ねてきた。一九五八年の春頃だった。仲井さんが、僕に何を語ったのか、正確には覚えていない。たぶん、いまの政府とは異なる政治を実現する母体には社会党がなるほかはないが、いまの社会党ではだめで、社会党を改革するために、青年同盟を創る必要があり、そのための努力をしている、それに協力してくれないか、といったことを語ったのだと思う。歴研のなかで、共産党でもない、ブントでもない、第三の道を求めていた僕には、願ってもない機会に思われた。

仲井さんは、その後、三宅坂にあった社会党本部につれていってくれたり、上等なトンカツ屋でご馳走してくれたりした。タクシーの乗り方まで教えてもらった。悪い意味でなくいえば、人たらしのうまい人だった。

その仲井さんが紹介してくれたのが、初岡昌一郎さんだった。初岡さんはまだ国際基督教大学（ICU）の学生だったが、僕などと比較すると立派な大人で、仲井さんとも対等につきあっていた。初岡さんは、井の頭公園の奥にあった東京神学大学教授の家の静かな離れに住んでいた。ちょっと遠回りになるが、中央線の吉祥寺駅から三鷹寮への道筋にもあたっていたということもあり、その後の三鷹寮時代には、ほとんど毎週一回は初岡家を訪問した。

初岡さんの部屋にはきれいに整理された書棚があり、沢山の本がならんでいた。A・シュトュルムタールの『ヨーロッパ労働運動の悲劇』を紹介してくれたのも初岡さんだったように思う。それ以前にE・H・カーの『新しい社会』とか、H・ラスキの『近代国家における自由』なども読んで、いろいろな示唆を受けていたが、シュトュルムタールの、労働運動は「医師たるべきか、嗣子たるべきか」、ごく簡単にいえば改良の担い手か革命の担い手かという問題提起は、後年に至るまで僕に大きな影響を与えた。のちに僕が到達した回答は、医師たることを通じて嗣子としての資格を示すことができる、というものだった。本書のタイトルが「墓碑銘」になっているのは、実際には、戦後革新がその役割をはたしえなかったことを示している。

初岡さんは、また国際的な活動に熱心だった。のちのことであるが、僕がはじめて外国を訪問したのは、一九六四年のソ連訪問だった。これは初岡さんの肝煎りでつくられた日ソ青年友情委員会の活動の一端だった。

安保闘争始まる

仲井さんや初岡さんと知り合った一九五八年の終わり頃から、日米両国政府間で安全保障条約の改定交渉が行なわれるようになっていた。社会党や総評は、この改定に反対し、安保改定阻止国民会議を結成した。この組織の事務局長は、護憲連合の水口宏三さん、次長には、社会党から伊藤茂さん、総評から岩垂寿喜男さんがついた。

このなかの伊藤茂さんとは、国会の議員面会所の二階にあった国民会議の事務所に出入りしはじめた頃から親しくなり、終生、おつきあいをいただいた。伊藤さんはのちに衆議院議員となり、細川護熙内閣では運輸大臣に就任した。その後は社民党（社会民主党）の書記長などもつとめた。レストランでステーキなどをご馳走になり、社民党のあるべき姿なども話しあったが、伊藤さんの思いは社民党につうじなかったように思う。

国民会議に出入りしていた頃、何かの機会で伊藤さんと雑談をしていたとき、僕が、「社会党は社民左派ですからね」といったら、伊藤さんは、顔を厳しく変えて「社会党にとって社民は禁句だよ」といわれたことを覚えている。当時はまだ、「社会民主主義勢力の統一」をスローガンにして、統一社会党がうまれてから五年もたっていなかった。それなのに禁句というのはなぜか、長いあいだ僕の疑問だった。結局、僕がたどりついた解答は、中国やソ連と仲良くするためには、社会民主主義を名乗ったのでは、障害があるということではないか、という国際関係上の視点であった。事実、社会党から社会民主主義が消えたのは、浅沼稲次郎委員長を団長とする訪中団が「アメリカ帝国主義は日中両国人民の共通の敵」とする共同声明に調印した時期と一致していた。

本すじに戻る。国民会議は、岸信介内閣のもとで国会に提出された警察官職務執行法改正案を廃案に追い込んだ警職法改悪反対国民会議に範をとったものだった。警職法反対国民会議には、第二次大戦前の弾圧の経験から、総評のライバル組織であった全労会議（全日本労働組合会議）も参加していたが、安保改定阻止国民会議には全労会議は参加しなかった。全労会議の方は、全体主義国家であるソ連や中国と対抗するためには、日米安保体制は堅持すべきものとしていた。一方、国民会議には、共産党がオブザーバーとして加わった。戦後革新の枠組みの変化を示していた。

社青同結成準備

この時期、仲井さんたち社会党青年部は、同党系の青年団体である社青同（社会主義青年同盟）の結成をすすめていた。僕のところには、初岡さんを通じて、学生の組織をつくってほしい、という依頼があった。この組織化をすすめるため、ということで初岡さんが紹介してくれたのが、佐々木慶明さんだった。最初に会ったときには、佐々木さんは、東京外国語大学の学生で、大学の自治寮の代表の集まりである全寮連の委員長だった。佐々木さんは、多分、社会党本部組織局とのつながりで知り合っていたと思われる、早稲田大学の建設者同盟の面々を紹介してくれた。

建設者同盟からでてきたのは、蛯名保彦、海野明昇君らで、のちには石井昭男君らも加わった。蝦名君は後日、平和経済計画会議のスタッフから専務理事になり、転じて新潟経営大学教授、学長となった。海野君は、社会党本部のスタッフとなり、政策審議会事務局長、中央執行委員兼国民運動局長をつとめ、その後、社会文化会館の館長になった。石井君は、労働組合の書記局で活動したのち、人権問題の出版社である明石書店の創設者となった。早稲田グループとは、早稲田界隈でよく会合をもった。

この時期は、僕は経済学部の学生であったが、なにかとおなじ意見をもっていた増野潔君、江畑騎十郎君、それに秋山順一君などを誘い、小さな機関紙まで発行して、東大の方でも、組織があるかのようなかたちをつくった。

のちに、社青同のなかでは、社会主義協会派と解放派のあいだで抜き差しならぬ対立が発展するが、解放派という名称は、この東大グループの機関紙の名称『解放』に佐々木慶明さんがテーゼを掲載したことによるものだった。もっとも佐々木さんの文章は美文ではあるが難解で、僕などには理解不能のところがあったが、そうした文章が、佐々木さんを解放派の教祖的な存在にした理由であるのかもしれない。

2　総評長期政策委員会のスタッフとなる

西尾末広追い出し劇の功罪

この頃、社会党内では、大事件が発生していた。いわゆる西尾問題がそれだった。党内最右派の西尾末広氏は、以前から、世界の基本的対立は、社会主義対資本主義ではなく民主主義対全体主義であると主張していたが、安保改定阻止闘争が発展するなかで、日米安保条約や改定交渉を全面否定するのではなく、その内容を改善するための条件闘争とすべきだとし、共産党との共闘には反対する、という考え方を新聞記者に語ったりしていた。

これに激怒したのが社青同設立の準備をすすめていた社会党青年部だった。一九五九年九月に予定されていた社会党大会の前日に開かれた党青年部の大会では、西尾氏除名の決議が可決された。党大会には、社青同をつくるということで集まっていた学生たちも傍聴していた。主流派である鈴木茂三郎派は慎重であり、大会の原案としては、除名ではなく、統制委員会付託を決議することが提案されていた。西尾氏を除名することに熱心だったのは、総評の太田薫議長で、会場に姿をみせていた。重要な争議のたびに、西尾派が関係する全労会議が第二組合をつくって妨害することにハラをすえかねていたせいでもあったらしい。向坂逸郎先生を代表とする社会主義協会はもともと社会党の統一に反対だったから、西尾氏の追放にはとりわけ熱心だった。党内では、派閥ごとに対処がわかれたが、青年部の荒木伝さんのほか、楢崎弥之助氏（平和同志会）や堀昌雄氏（和田派）などの国会議員が、激越なスピーチを行なった。

採決の結果、統制委員会付託が可決されると、傍聴席にいた学生を含む青年部の関係者が興奮に包まれて、壇上に駆け上り、腕を組み、「卑怯者、去らば去れ」などと、ワルシャワ労働歌を合唱した。僕も、そのときは、「やった」という満足感でいっぱいだった。

西尾氏は、その日の夜、社会党を離脱し、新党を樹立する構想を発表した。新党はのちに民社党（民主社会党）として、政局の一翼を担うことになる。

歴史には、ifはありえないから、おきた事象を変更することはむろんできない。しかし、その後の戦後革新の歴史をみると、西尾氏の追放がよかったかどうか、議論の余地があると思う。短期的には、社会党内に有力な反対派がいなくなったために、戦後革新として最大の大衆運動を組織できたことはたしかだが、長期的にはやや異なる。氏原正治郎先生が第二組合について書かれている文章のなかで、少数派の方は、多数派とは違うことを強調することで存在意義を明らかにすることができる、といわれたことがある。これは、その後の歴史のなかでは、社会党と民社党の関係についてもあてはまる。とにかく、社会党のやること、なすことに批判することで民社党は存在意義を示した、つまり戦後革新の攪乱要素になったといってよい。こうした視点からは、西尾氏の場合にも、かなり大きな異論はあっても内部にとどめる、という作風の方がよかったのではないか、という意見がとうぜんにありうる。

総評長期政策委員会

話は西尾追放劇が終わったあとに戻る。社会党大会の閉会後、青年部の主要メンバーは、渋谷の近くに拠点として設けられていた宿舎に戻って、反省会というか勝利の祝賀会というか、を行なった。僕も誘われて、のこのことついていった。

畳の部屋であるその会場にいたのが、清水慎三さんだった。青年部の誰かがしつらえたのであろうが、畳の上に何枚もの座布団を重ねて、その上に清水さんは座っていた。仲井さんに紹介されて、挨拶をしたのが、僕の清水さんとの最初の出会いだった。

あまりときを隔てず、仲井さんから、清水さんが君に、総評長期政策委員会に来てくれないか、といっている、という申し出があった。

ちょうどこの時期、正確にいえば、一九五九年八月、三井鉱山は、希望退職募集を始めた。三井鉱山の五つの炭鉱では退職者が会社側の希望数に達したが、三池炭鉱は達しなかった。会社側は一二月、一二七八人の指名解雇を通告したが、そのなかの約三〇〇人は、三池労組の活動家で、会社側はこうした組合員を「生産阻害者」と呼んだ。一九六〇年一月、会社側は全山でロックアウトを宣言し、三池労組も無期限ストに突入した。ここから安保・三池と併称される争議が本格化した。

この時期、石炭から石油へのいわゆるエネルギー革命が進行しており、炭鉱の閉山や人員削減があいつぎ、それをめぐる争議も頻発していた。三池争議の近辺でも日炭高松や日鉄二瀬などで争議がおきていた。総評としてはエネルギー革命に戦略的にどう対処するかを迫られていた。そこでこの問題を論議する場として、長期政策委員会が設置されることとなった。そこでまとめ役の事務局長として選任されていたのが清水さんだった。この人選をすすめたのはたぶん太田薫総評議長だった。太田さんとしては、多発する炭鉱争議に戦略的な理論武装をしたい、ということだったのであろう。

一一月頃だったと思うが、僕は、学生身分のまま、芝公園にあった総評会館に出勤することとなった。建て前からすれば、学生が本業なので、僕はアルバイトのつもりだったが、あとで年金記録をみたら、この時期、厚生年金に加入していたことになっており、総評の方では正式の雇用関係ということになっていたようだ。現在のことでいえば、総評本部でスタッフやオルグとして勤務した人は、「総評退職者の会」という組織をつくっているが、僕も会員として扱ってもらっている。

総評長期政策委員会は、委員会という名の通り、はじめは選任された委員の会合が中心だった。外部の委員としては、当時、総評の周辺で活動している研究者集団の代表というかたちで選定されていた。社会党系からは社会主義協会ということで相原茂東大教授が参加し、共産党からは理論研究所長の堀江正規氏がでていた。また当時、論壇で大きな活躍をするようになっていた構造改革派から井汲卓一東京経済大学教授がでていた。事務局には、九州炭労（日本炭鉱労働組合）の幹部だった遠藤浩史さんが専任でついたほか、総評調査部の宝田善さんら何人かが兼任で担当していた。

長期政策委員会では、炭鉱問題をめぐってさまざまな論議が行なわれた。僕も、大先生方の論議を聞く機会が与えられていた。そのなかで堀江所長や井汲教授が重視したのは、鉱区問題だった。鉱区が複雑に入り組み、合理的な採炭作業ができず、石炭価格が国際価格からみて高くなってしまう、という主張だった。ここから井汲教授は炭鉱の国有化を主張した。土地所有権問題を論議の中心にすえようということには、講座派の伝統的な考え方が反映していたかもしれない。こうした論議を、貧乏揺すりをして聞いていた相原先生は、そんなことよりも、もっとも重要なのは、雇用問題であり、現実に発生している炭鉱失業者をどうするか、を集中的に論議すべきだ、と主張されていた。これらの論議が、総評にどれだけ役だったかはわからない。論議がまとめられ、提言というかたちをとったわけでもなかった。

清水さんの秘書役としての仕事は、けっこうあった。清水さんは、文章を書くにあたって、好みの原稿用紙があり、それがきれると丸善の本店まで買いにいくのは僕の役割だった。給料日に病気かなにかで総評にこられないことがあり、浦和の家までとどけたこともあった。もっとのちには、清水さんの書き物の資料をさがす仕事もあった。安保・三池のあとの時期に、清水さんは岩波新書で『日本の社会民主主義』を出版したが、そのための年表づくりも僕の役割だった。これはその後の、社会党や総評の歴史を書くという僕自身の仕事にも大いに役立った。清水さんの個人的な仕事を手伝って総評から給与をもらうというのは少し変だが、それだけ清水さんの意見は太田議長などには貴重だったのだろう。太田議長は、ときどき清水さんの机にやってきて相談していたが、とても大きな声なので、秘密の相談であっても、まわりに筒抜けだった。そうしたさいには、太田さんは僕にもなにか声をかけてくれた。

委員会の論議がいわば中途半端のまま中断したのは、三池闘争が本格化したためであった。宮川寅雄組合長、灰原茂雄書記長を軸とする三池労組の相談に乗ってやってほしい、という太田議長の依頼で、清水さんは大牟田の現地におもむいた。間もなく、清水さんから僕に、三池現地にくるようにという指令がくだった。一九六〇年一月早々、僕は夜行列車で三池現地にむかった。列車のなかでは国労からの現地支援部隊が乗り合わせており、話し合う機会があった。これがのちに大きな関係をもつことになる国労との最初の出会いだった。

大牟田での僕の役割は、毎日清水さんと食事をともにし、清水さんが遭遇した事実、僕自身が遭遇した事実を記録しておくことだった。残念ながら、この記録は、帰京のさい、表敬訪問した社会主義協会の九州支局で、しばらくかしてほしい、というのでわたしたまま、返ってこなかった。とうぜんのことながら清水さんからはひどく叱られたが、のちに出版された向坂逸郎編『三池日記』にその痕跡が残っている。

清水さんは、ホテルに宿泊していたが、僕はピケットに参加している組合員が宿泊する仮設住宅のようなところに泊まっていた。食事は毎日、主婦会の女性たちがつくり、米食と味噌汁と高菜の漬物を主体としていた。けっこうおいしかった。以来、高菜は八〇歳を超えたいまでも好物となっている。食事のあいだに交わされる会話は、教宣部長は、すごく女性にもてる、などというたわいもないものが多かったが、生き生きとした組合員やその家族たちの姿をみることができた。

昼間はピケットに加わっていた。ホッパー前にいることが多かった。ホッパーは採掘された石炭が集められる一時貯蔵庫で、いわば、三池鉱山の心臓部にあたっていた。のちに、ホッパー決戦ともよばれる三池労組と警官隊の対決の焦点となる場所だった。一九六〇年三月にはいると、三池新労組が結成されたり、会社側が生産再開を決めたりして、いっそうの緊迫状況が生まれていた。組合員たちは、警官隊が攻勢にでる前に、大きな長い溝を掘り、石油を流して火をつけよう、などと話しあっていた。しかし、東京で安保改定阻止闘争の統一行動がますます大きくなっていっているあいだは、警察側が、仮執行の裁判所決定をたてにした本格的な行動は控えていたようだ。組合員たちは三〇センチはある木や竹に細い鉄管を通して、タバコパイプを作るなど、それぞれにつれづれを埋め合わせていた。

三月二一日、三池鉱山のヤマの一つ、四つ山坑のピケに、会社側が雇ったとも思われる暴力団が襲いかかり、久保清さんを刺殺した。そのお別れの式典での三池労組久保田正己副委員長の胸迫る追悼演説と、支援にかけつけた部落解放同盟のデモの歩調を合わせた実に重々しい足音は、六〇年たったいまでも忘れることができない。

なお、むろんのちのことであるが、久保田副委員長は、炭労の歴史と合わせて出版されたいわば裏面史ともいうべき刊行物に三池労組の分裂のいきさつについて寄稿し、批判グループが、ストの継続について組合員の全員投票を実施せよと要求したのに対し、宮川・灰原執行部が拒否したことは、大きな間違いだった、と述べている。僕にはこの文章もとても印象的だった。

安保・三池の終盤

心を残してのことだったが、一九六〇年三月の終わり近く、清水さんの了解をえて、僕は帰京した。四月には最終学年となり、大学にいろいろ手続きをしておかなければならないこともあった。同時に、安保改定阻止闘争が、政府の強行方針のなかで、最終盤にさしかかっており、その行動にも参加したいという気持もあったからだ。

五月一九日、自民党は衆議院で強行採決を行なった。一カ月後に、参議院で可決されなくても自然成立させるための措置だった。この日、僕は、江田五月君らとともに社青同の旗のもとで国会周辺の座り込みに参加したのち、渋谷の岸首相の私邸への抗議行動に加わって一夜を明かした。国民会議が組織する請願行動への参加者はますます増えた。六月四日、総評は政治ストを企画した。僕は、社会党三鷹支部の党員の資格で、国労三鷹電車区へ支援に行って徹夜した。朝、日の出に照らされて（と記憶しているが）、まったく動かない電車の群れをみて、すごく感動したし、国労・動労（国鉄動力車労働組合）の力の強さも感じた。

六月一五日、国民会議の第一八次の統一行動が展開された。夕方、まだ明るい時刻だったと思うが、全学連の部隊が国会内に突入した。このとき、警官隊は非情な暴力をふるい、僕の歴研の同期生だった樺美智子さんが殺された。ほかにも多数の重傷者・軽傷者がでた。僕は、そのときは全学連の部隊ではなく、社青同の旗をかかげて、総評本部の部隊の近くにいた。

六月一九日、批准発効の日、僕はこの日も国会周辺の座り込みに参加していた。警視庁機動隊が催涙弾をたてつづけに投げて、デモ隊を襲撃した。僕は近くの三宅坂にある社会党の本部に逃げ込んだが、仲間のなかには遠く有楽町駅まで逃げたのもいた。

改定日米安保条約の批准が成立したこの日以降、抗議行動への参加者はますます増加したが、内容的には大きな変化をとげ、岸首相の辞任を要求する民主主義擁護の大衆運動となった。そして岸辞任とともに、その波は急速に引いていった。いわばとり残された三池争議も、七月にだされた藤林あっせん案を、総評、炭労が受け入れることを決め、収束することとなった。

向坂研究会

安保・三池のあと、社青同の結成が急速に進行していた。学生グループの方も、これに対応しなければならないという気運が生まれて、東大と早稲田の仲間たちが会合をもつことになった。たまたま、東大は伊豆の戸田に学生寮をもっていたので、海辺にあったその寮に集合した。東大からも早稲田からも、前述のようなメンバー、東大からは増野、江畑、秋山、横路、江田など、早稲田から蝦名、海野、石井などが顔をそろえたほか、この会議は正式の社青同の同盟員の会合ではないということで、山田陽一君のように僕と親しくしていた仲間も何人か参加した。僕は、日本資本主義の現状といった報告をしたと思う。

この会合では、社青同の学生班協議会をつくろうということで話がまとまった以外は、特別の論議はなかったように記憶する。安保・三池の疲れをいやす、懇談の場という雰囲気だった。しかしこのような会合は、戸田会議が最初で、最後だった。その後、学生のグループは、社会主義協会派、解放派、それに構革派の三つに分解していくことになったからだ。なお、僕自身も、この会議を最後に、社青同の学生グループの活動から遠ざかることになる。

安保闘争のあとにはまた、僕の身の上に大きなできごとがあった。向坂逸郎先生の家で、先生の直接の指導のもとで行なわれている資本論研究会に出席するようになった。紹介してくれたのは、江畑騎十郎君だった。江畑君は三池闘争後につくられた三池を守る会の活動に熱心だった。

僕はそれから二年ほど、毎週土曜日、鷺宮にある向坂邸に通って、『資本論』第一巻を勉強した。出席者は、東大教養学部の助手でのちに教授になる塚本健さんが塾頭のような役割を果たし、東洋大学教授新田俊三さん、埼玉大学教授鎌倉孝夫さん、上智大学で講師をしていた哲学者の飯田信夫さん、それに諌山正さんが常連だった。諌山さんは、当時は向坂邸に居ついて書生のようにしており、社青同の中執をやったあと、新潟大学の教授になり、さらにのちには新潟青陵大学の学長になった。東京教育大学の長坂潤教授や東洋大学の御園生等教授は常連ではなかったが、新年会にはよく現れた。大内秀明さんも、新年会には姿をみせたことがあると記憶する。これらの諸先輩のうち、新田さんと大内さんは、その後の僕の活動と大きなかかわりをもった。

向坂先生には、『資本論』のすじ道だけでなく、字句の一つ一つがもっている意味・意義についてまで教えていただいた。たとえば、『資本論』第一巻二三章は、資本主義の最後の鐘がなることで有名であるが、そこで使用されている「収奪するものが収奪される」として使用されている「収奪」という用語と、「搾取」という用語がどのように違うのか、といった具合である。搾取は資本主義の日常的な労働の過程で、労働力の価値と達成される労働が生みだす価値の差額のことであるが、この場合の収奪とは、革命政権が権力をもって、それこそ身ぐるみとりあげてしまうことを意味している、などと説明された。

向坂先生は、当時はソ連側のブロックに属していた東ドイツの新聞などをよく読まれており、講義のあいまには、そこから得た情報や『資本論』の翻訳・出版の経緯なども、話されることが多かった。僕は、こうしたグループに属していたし、向坂先生が代表をされている『社会主義』の読者、ときには執筆者でもあったから、社会主義協会派、略して協会派、あるいは向坂派とみられていたことはまちがいがない。伝説によれば、向坂先生の自宅で、風呂にいれてもらった人は、先生から向坂先生直系として認定されている、とされる。僕も一度だけ、先生宅のきれいな風呂にいれてもらったことがある。実際には、向坂先生と清水慎三さんという、左派社会党の綱領をめぐる歴史的論争からみれば、いわば論敵ともいえる二人の大先生にはさまれ、それにのちにのべるように、大内力先生などの著作を通じて接近していた宇野理論にも強くひかれるところがあったし、さらに『資本論』研究会をつうじて知り合った新田俊三さんや総評調査部の宝田善さんから現状認識についての考え方も吹き込まれて、うろうろしているのが、僕の実態だった。

僕が理論的な面でうろうろしている、ということは、周辺の人たちにもわかったらしい。これものちのことであるが、向坂先生の側近のだれかが、「高木君は最近、日和見主義、修正主義の傾向におちいっている」と注進したらしい。向坂先生は楽観的に、「大丈夫だ。それは病気なので、僕が旅行にでも連れていけば、病気はすぐ治るよ」といわれたそうだ。というわけで、二度にわたって向坂先生のソ連・東欧旅行のカバン持ちをすることになる。

一度目は、一九六七年の資本論一〇〇年祭ということで、モスクワと東ベルリンを訪問した。モスクワのマルクス・エンゲルス・レーニン研究所を訪問したとき、先生は、むこうの所員とのあいだで、マルクス所有本へのマルクス自身の書き込みについて、延々と議論を行なわれた。二人とも実に楽しそうだった。ホテルで居室が上層階にあった先生は、すでに六五歳を超えていたにもかかわらず、さすがに上りはエレベーターだったが、下りは歩きがいいということで、若いカバン持ちの方が音をあげた。食事には苦労があった。先生が野菜をたべたいといわれるので、通訳をつうじて申し入れたところ、二日ばかりたって、キュウリが一本ついた。ほんとか、冗談かはわからなかったが、ブルガリアでさがしてきました、と通訳は言った。

ベルリンでは、向坂先生は、若い頃の留学先であったせいか、故郷に帰ったように、モスクワよりはるかに生き生きされていた。ちょうどその頃、北九州大学教授で、のち同大学の学長となる田中慎一郎さんが留学しており、一緒に夜の散歩などに連れていってもらい、ここはウンターリンデンストラーセだ、ここは森鷗外が下宿していたところだ、とうれしそうに案内された。

二度目のカバン持ちは、モスクワ経由で、ブルガリアの首都ソフィアに行ったときのことだ。たぶん社会党の国際局が向坂先生に依頼したためであろうが、G・ディミトロフの生誕一〇〇年祭に参加するためだった。ディミトロフは、一九三五年、コミンテルンの書記長になり、それまでの「社会民主主義は労働者階級の敵」とする考え方を一擲し、反ファシズム人民戦線戦術を提起したリーダーだった。イベントそのものは、フランス人民戦線の生き残りのリーダーなども参加したりして感動的だった。しかし、困ったこともあった。ソフィアには、適当な日本語の通訳がいないということで、英語の通訳しかつかなかった。向坂先生はドイツ語には堪能だったが、英語はあまり得意ではないので、僕に英語からの通訳をせよ、と命じられた。僕もあまりできないので、わかるところだけ伝えてごまかした。

カバン持ちは、あとの話である。とにかく、向坂先生の予言にもかかわらず、僕の理論面での放浪癖は治らなかった。

長期政策委員会のその後

三池争議が終わっても、長期政策委員会は継続していた。設置者である総評の側から、特別の任務がだされたわけでもなかったようだ。しかし、かなりしっかりした予算も計上されていたから、清水さんは、二つのテーマで実態調査を行なうことを思いついた。テーマの一つは、技術革新下の企業別労組の役割というものであり、もう一つは労働力供給源地帯の動向、というものであった。

実態調査をやるといっても、宝田さんなど調査部からの兼任者たちは本業の方に戻っていたから、戦力は僕一人だった。それからほぼ二年間、調査とその報告書の作成に明け暮れた。調査といっても、どんな内容で、どういう手法で行なうか、といったことの指示は、清水さんからはまったくなかった。行き先と、話を聞く労組のリーダーの名前が指示されるだけだった。それぞれの企業と組合の性格を調査部でできるだけ聞いたうえで聴き取りメモをつくり、でかけることとした。

技術革新下の労働組合というテーマで、訪れた組合には、どういうわけか、大阪とその周辺が多かった。最初に訪れたのは、住友金属の大阪工場だった。それに続いて、門真市にある、いまはパナソニックという名であるが、当時は松下電器の本社工場、いまはユニバーサル・スタジオ・ジャパンとなっている地にあった日立造船桜島工場、いまは川崎重工に吸収合併されている汽車製造大阪工場であった。まだ新幹線が開業していない時代で、二等寝台車で大阪にいき、三、四日滞在し、工場の見学と組合幹部の聴き取りを行ない、また二等寝台で帰京するというのが通常のスケジュールだった。大阪以外では、東京田無市にあるシチズン時計の本社工場も調査対象だった。

住友金属大阪工場では、当時、完成が間近となっていた東海道新幹線の車両用の車輪をつくっていた。ここでは車輪自体は機械でつくられるが、仕上げ工程と検査工程は人間の手に残されていた。仕上げが人間の手に残されていくというのは、のちにみせてもらった完全自動化をうたっていた井関農機でも同じだった。ここでは仕上工の最後の一回のヤスリ掛けで、動かなかった農業機械が動くようになる、というのが現場の労働者の言い分だった。これものちのことであるが、日本専売公社のタバコ工場で、八〇〇〇回転とか一万四〇〇〇回転とかいった自動包装機械について、女性労働者たちは、生産性は機械が動ける時間数が勝負で、どれだけ機械が動けるかは、わたしたちのうでにかかっている、と主張した。

汽車製造でも、熟練労働者たちがウデをふるう場面をみさせてもらったが、興味深かったのは、一日の仕事の終了のあり方だった。職場ごとに簡単な入浴施設がもうけられており、時間ではなく、仕事の段落がつくと、労働者たちは三々五々そこで汗を落とし、帰宅の途についていたそうだ。労働者による自主的な時間管理が行なわれていたとみることができる。しかし、立派な浴室が完成するとともに、明確な時間管理が行なわれるようになったという。近代化というものの一つの側面を示していると思う。

いずれの聴き取り場所でも、こうした熟練労働者が選挙活動などを含む組合活動の中軸であり、したがってまた戦後革新の中軸でもあることが示されていた。

松下電器では、ラインに並んだ若い女性労働者たちがテレビを組み立てていた。これは単純作業の繰り返しだった。会社側はお茶やお花で、労組側は歌と踊りで、つまり仕事とは別の活動を設定してそれぞれへの帰属意識を高めるために競い合っていた。

住友金属と日立造船では、社外工の実態にも触れた。日立造船では、造船の基幹的な工程ではあるが、同時にもっとも危険な作業に従事していた。住友金属では作業工程のなかにある運搬の仕事は原則としてすべて社外工の担当だった。一方、松下電器では、体系的な下請けの仕組みについての話を聞いた。そこでは、下請けにあたる部品製造企業から、部品がさらに下位の企業に下請けされ、最末端は長野県の木曽谷の主婦の内職にいたる体系ができていることが示されていた。

社外工は現在の派遣労働者であり、内職者は、現在では主婦パートに変わっているといえようが、前述の本社の各工場における熟練労働者たちとは、基本的に異なる処遇のもとにあった。ただ、当時、「二重構造」という用語がよく使用されたが、たんに二重なのではなくて、近代的な製造業のもとで、体系的なサプライチェーンのなかで、いわば重層的な「身分」制度が形成されていたことになる。

ここで思いだすことがある。自民党の衆議院議員になり、厚生労働大臣にもなった柳沢伯夫さんは、僕と三鷹寮の同期生であった。寮時代には付き合いはほとんどなかったが、細川内閣ができる時分かららときどき情報や意見の交換をするようになった。その柳沢さんは、社会党は年収四〇〇万～五〇〇万円から一〇〇〇万円ぐらいの有権者を相手にしているが、自民党は二〇〇〇万～三〇〇〇万円の人びとを票集めの対象としていると言っていた。僕が調査のなかでみた戦後革新の中軸となった熟練労働者たちはまさにそうした、たしかに中流の人びとだった。

二つめの課題である労働力供給源地帯の研究のテーマでは、山形県の庄内地方の調査ということで、同地方の大山町（現在は鶴岡市）の旅館に長期にわたって滞在した。長期滞在の割りには、テーマに沿った成果は乏しかった。成果が乏しかった一つの理由は言葉の問題だった。この地域では伝統的に強力な農民組合から紹介された人に会い、どんな人がどんな状況で、故郷をはなれるかを質問するのだが、昼間のあいだはかばかしく答えていただけない。夜になると、何人かのグループで、ドブロクを携えて現れ、いろいろな場面を説明してくれるのだが、アルコールが入った庄内弁は、こちらの頭では、飲めないアルコールを飲んだせいもあり、ほとんど理解できなかった。

昼間の時間のあるときには、一万羽養鶏をやっている農家などを見学させてもらった。いまでは養鶏の単位は一〇〇万羽になっているが、当時は一万羽を飼うというのは最先端だった。

こんなことをしているあいだの一九六一年三月に東大を卒業した。ただ卒業式の前夜、友人たちと遊びほうけて、式には寝過ごしてしまった。それにしても、僕が戦後革新の裏方として、一応の生命を保てたのは、教養学部、経済学部、三鷹寮、歴研を通じて、得難い先生、先輩、友人があったおかげだと思う。それらの人びとの多くは、卒業後も長くお付き合いをいただいた。

第3章　社会党のスタッフとして

1　社会党政策審議会に入る

社会党政審に移る

総評長期政策委員会のスタッフとなって三年ほどたった頃、社会党政策審議会（略称、政審）のスタッフだった横山泰治さんが尋ねて来た。横山さんとはそのときが初対面だった。用件は社会党政審のスタッフとして来てくれないか、というものだった。実は、それまで政審には安次富長英という人がいた。その人が亡くなったための代わりということだった。安次富さんは向坂先生が非常に愛された人で、その死を悼んだ『若き僚友の死』と題する一冊のエッセイがある。横山さんは社会主義協会のメンバーだったから、向坂先生に相談に行ったところ、僕の名前が出たのだと思う。

僕は大いに迷った。というのは、長期政策委員会の解散は決まっていたが、そのあと僕を調査部員として、総評本部の正式雇用とする、ということが内定していたからだ。相談したのは宝田善さんだった。答えは、宝田さん自身はそんなふうに言った覚えはないというかもしれないが、僕には、階級闘争の最高司令部で活動するチャンスを逃すべきではない、というふうに聞こえた。これが戦後革新の二つの本拠のうち社会党の方を選択する決定打となった。

その決意を清水さんに伝えたら、それはわかった、しかし君の後任を推薦してくれなければ困る、といわれた。そこでかつぎだしたのが山田陽一君だった。当時、法学部の政治コースに学士入学していた山田君は一も二もなく承諾してくれた。そののち総評で山田君は調査部や国際部で大きな役割を果たすことになる。

僕自身も、社会党に移っても総評調査部との付き合いがなくなったわけではなかった。当時の総評調査部の部長は賃金問題の大家である小島健司さんで、その小島さんが率いる賃金グループと宝田善さんを中心とした経済問題・政策問題を主として扱うグループというかたちで、いわば二頭立ての馬車だった。のちに小島さんが日本福祉大学教授になって退任したあとは、宝田組に一元化した。その宝田さんを中心にして、毎年、経済、政治、労働などを分析する年報が刊行されていて、そのためのチームがつくられていた。このチームには新田俊三さんなども参加し、年に何回も討論を重ねていた。僕もこのチームに加わっていた。ここからはいろいろなアイデアが生まれた。のちに言及する生活闘争の考えもその一つだった。宝田組はそのほか大門近くの天井裏のような部屋だとか、あるいは箱根などでの合宿というかたちで私的な研究会ももち、これにも僕は参加した。のちには宝田組に、連合結成後は連合総研や教育文化協会で活躍する井上定彦さんや長谷川一博さんも加わった。

社会党への移籍の話に戻る。社会党本部への入局には、ペーパーテストと面接からなる一種の就職試験があった。しかし、どちらの試験も横山さんが担当したからいわば出来レースで、問題なくパスし、いよいよ社会党政審で活動することとなった。

政策審議会は、その名前の通り、衆参合わせて二〇〇人ほどの議員がさまざまな政策について論議をする機構であった。トップは政審会長と言い、僕が入った当初は成田知巳会長だったが、この段階では、僕とはあまり話もしないうちに、大会で組織局長に移り、勝間田清一衆議院議員と交代した。事務局長は北山愛郎衆議院議員だった。スタッフは事務担当を含めて一五人位だったと思う。当時の社会党政審は衆議院第一議員会館の一階の奥にあった。大学を卒業したのち、僕は吉祥寺の前進座があった近くの戸建て住宅の離れを借りて住んでいたから、そこから中央線と丸の内線で政審まで通勤した。

戦後革新の二つの魂

政審の基本的な仕組みは政策委員会と部会から成り立っていた。政策委員会は、経済、中小企業、農業、社会保障などといったかたちで社会党の各分野での基本政策を論議する場だった。一方、部会は国会の常任委員会に対応してつくられており、政府が国会に提出する法案を政策面からどう扱うかを論議するのが中心的な役割だった。もっとも法案の国会での扱いの最終的な決定権は政審にはなく、国会対策委員会（国対）にあった。僕は社会保障政策委員会と社労部会の担当とされた。この二つと労働政策委員会の委員は基本的に共通していた。スタッフの任務は委員会や部会で論議する内容をあらかじめ準備しておくことだった。上司は横山さんだった。

僕の担当した委員会、部会に所属する国会議員にはそうそうたるメンバーがそろっていた。まず八木一男、大原亨、滝井義高といったベテラン議員で、被差別部落解放問題、社会保障問題、医療問題といったかたちで強力な専門分野をお持ちだった。もう一方は安保闘争後の総選挙で当選してきた田辺誠、山口鶴男、島本虎三といった議員で、いずれも労働組合の出身だったが、産別中央の大幹部ではなく、地方組織のリーダーだったことに共通の特徴があった。

こうした議員たちとスタッフとの関係は、上下関係などというものではなかった。役割は違うが、共通の目的をもつ、いわば同志のような間柄だった。僕のようなチンピラでも、部会や個人的な雑談の場で、意見をいうと、それなりに傾聴していただけた。

一方、これらの議員が持ち込むテーマをこなすためには、とにかく勉強、勉強だった。八木さんは部落差別をなくす法案を議員立法として提出することに熱心だった。提起された議員立法をつくるためには、部落問題を本格的に勉強しなければならなかった。そうした勉強のなかでは興味深いことも発見した。たとえば、職業差別や結婚差別の対象となる地域が古い時代からのものであるというのは、かならずしも正しくないことがわかった。大都市のなかにある被差別部落では現に膨張を続けていた所もあった。そこにはある種の相互扶助機能があり、失業などで貧困に陥った人が部落に参入してくるためだと考えられた。被差別部落問題というものは、過去の清算というだけですむわけではなく、現代の貧困と結びついていることになる。

議員立法への要求は、議員からだされるだけではなかった。産別からさまざまな要請がだされてきた。一例をあげると、全鉱（全日本金属鉱山労働組合連合会）から要請があった塵肺法の立法化である。これは、金属鉱山で採掘作業を行なっているうちに鉱石粉などを吸い込み、場合によっては、退職後に肺が石化してしまうという恐ろしい病気を発生させることに対して対策立法をつくろうというものであった。

こうした立法活動には衆参の関連の調査室も協力してくれた。当時は国会の調査室は、野党の国会活動に協力することが、その本分であるという雰囲気さえあった。

重要なことは、こうした議員立法活動のうちの少なからぬものが、そっくりそのままというわけではむろんなかったが、政府提案のかたちで立法化されたということである。いまあげた例でいえば、被差別部落についてのものは同和対策立法として、塵肺法は珪肺法にそれぞれ結実した。珪肺法は、一九九〇年代に社会問題化したアスベスト公害に対してもある程度有効な役割を果たした。

ほかの重要な例としては、三池鉱山で、多数の犠牲者をだした炭塵爆発のあとのCO中毒立法がある。この立法過程では、炭労を中心とする大規模で長期的な大衆行動も展開された。公害対策立法も重要な例である。新日本窒素水俣工場の水俣病以来、公害を防止する手法を確立すべきだとする世論は高まったが、政府はなかなか腰をあげなかった。ここでも社会党政審は島本虎三衆議院議員などを中心に立法化に先鞭をつけた。僕も参加したが、四日市などの公害の実態調査を行ない、立法を促進した。調査では、湯の山温泉に泊まった翌朝、発電所や石油化学工場のある東の空が、硫黄酸化物のせいで、朝日を受けて虹のようにキラキラと実にきれいに輝いているのもみた。それぞれの工場の上級管理職などはこのような虹の下ではなく、周辺の高地に住んでいたのに対して、虹の真下で公害の直接の影響を受けていたのは、海岸の低地に住む漁業関係者たちだった。そこにも、同じ公害といいながら、格差・不平等が存在することが示されていた。こうした活動はのちの公害対策基本法の成立に大きな役割を果たしたと思う。

社会党、あるいは戦後革新は、「なんでも反対」を唱えるといわれたことがある。社会党政審の活動を体験した僕には、このような話は絶対にウソであると証言できる。

むろん、絶対反対がなかったとはいわない。一九五八年に国民健康保険法が、一九五九年には国民年金法が制定され、一九六一年に皆保険・皆年金制度が確立した、とされた。これに対して社会党は、国民運動局を中心に、国民年金はインチキな制度であるとして、国民年金保険料の納入拒否運動を展開していた。これに呼応したのが農民組合だった。論理としては、社会主義が実現すれば、理想的な年金制度がつくれるので、それまでインチキな年金制度は拒否すべきだ、というものだった。まさに絶対反対であった。多分新潟だったと記憶するが、僕も納入拒否の理由を何カ所かの集会で話した。

その後、政府はやつぎばやに国民年金額の増加を実施した。夫婦一万円年金とか、夫婦二万円年金とかがそれである。絶対反対の運動がこのような改革に影響を与えていたとは想定できる。しかし、ここで困ったことがおきた。保険料の納入拒否運動に実際に参加した農民などは、年金受給年齢に達しても、保険料納入期間がないため、年金をまったく受給できなくなっていた。実際には未納分の後納制度がつくられて受給権はある程度回復されるのだが、絶対反対は、場合によっては、革命のプロならぬ普通の人びとに、社会主義といういわば川の向こうの理想のために川のこちらの現世の権利・利益を失わせてしまう可能性があるということになる。それは僕にとっても苦い体験だった。

僕たちが政審でやっていた仕事の大半は、大部分が川のこちら側の課題だった。差別や貧困や災害による犠牲を少しでも減らし、社会のあり方を改善しようとする努力だった。それは革命などとはほど遠く、社会党政権といった政権のあり方とさえもかかわりがなかった。その頃だったと思うが、雑談をしているなかで、勝間田政審会長に、現にやっている政策活動と社会党政権との関係について質問したことがある。答えは、「片山政権時代の悪いイメージが残っているうちに政権を論議するのはムリでしょうな」というものだった。それは、僕には、社会党のリーダーたちには、政権を取りにいく意欲がないように受けとれた。

いずれにしても、川の向こう側に行きたいという願望と、現実の仕事を通じて、川のこちら側で日常的に生起する課題ごとに改革をはかるという、シュトュルムタール風にいえば、嗣子と医師という二つの魂が社会党の中に現存していた。それはまた戦後革新全体がもつ二つの魂だったともいえるのではないか。

2　構造改革論から「道」へ

構革論争と派閥

ちょうど僕が政審で仕事をするようになった時期、構造改革論争とよばれるものが社会党を席巻していた。もとは同じ鈴木派に属していた佐々木更三グループと江田三郎グループとの論争というか派閥抗争というか、いずれにしても党内対立が激化していた。構造改革ははじめは構造的「改良」とよばれていたと記憶するが、いつの間にか、「改革」になった。多分、改良という用語が改良主義を連想させるのを嫌ったのだろう。安保・三池の闘争が終了し、浅沼稲次郎委員長が右翼少年に刺殺されたあとの社会党大会では、江田書記長を中心にまとめられた運動方針に「構造改革」という名称が登場したが、このときは、なんの反対意見もなく可決された。

それは、まだ僕が総評長期政策委員会にいる時だったが、社会党の構造改革に対して最初に問題を提起したのは『月刊総評』に「社会党の構造改革論に対する七つの疑問」を掲載した太田薫総評議長だったと思われる。現場をみたわけではないが、太田さんは清水慎三さんの意見も聞いたうえでこの文章を執筆したと想像できる。つづいて、総評長期政策委員会からは社会党の政策審議会あてに公開質問状が出された。これは清水さんが執筆したものだった。清水さんはこれを伊豆湯ヶ島温泉の白壁荘で執筆された。僕は、資料かなにか届けものの依頼があって、この温泉を訪ねたことがある。

太田さんと清水さんの二つの内容はニュアンスで異なる点はあるが、現状で政策要求を重視する路線は、職場の抵抗エネルギーと離れて、幹部の逃げ道になってしまうのではないか、という危惧では一致していた。

公開質問状に対して回答したのは、当時の成田政審会長で、生産点の抵抗エネルギーに依拠するのはとうぜんだが、独自の政策転換闘争がなければ、企業内の要求獲得闘争からぬけだせないと反論した。

向坂先生も雑誌『社会主義』で社会主義革命の前提条件となる客観情勢を無視しているなどとして批判を展開した。ただ、向坂先生は、前述の資本論研究会で、イタリア共産党の構造的改良が話題になったさいには、これは平和革命論の一種としていいのではないか、といわれたと記憶している。

当時、社会党本部のスタッフたちの大部分は、議員集団とおなじように、派閥に属していた。なんといっても有力な派閥は鈴木茂三郎委員長のグループだった。しかしそのグループは、佐々木・江田の対立が激化すると、分裂して、二つのグループにわかれた。

貴島正道、加藤宣幸、森永栄悦の各氏を中心とするグループは、安保闘争後の大会で委員長代行となった江田さんのまわりに結集し、構造改革路線を推進した。当時、共産党のなかには、構造改革論を積極的に推進していた現代マルクス主義派とよばれる人びとがいたが、これらの人びとは、最終的には共産党から除名されたり、離党したりした。江田派の書記局の人たちはこうした現代マルクス主義派の人たちと接触を深め、共同の研究会をたちあげていた。前述の初岡さんもその一員だった。

一方、いずれものちに衆議院議員となった広沢賢一さんや大柴滋夫さんらのグループは、僕が社会党政審に入ったときには、構造改革反対で固まっていた。しかし、聞くところによれば、それ以前の時期には、むしろ全体として構造改革を推進する考えを表明していたようだ。佐々木・江田のあいだの人事をめぐる抗争が激しくなってから、佐々木グループの書記局の人びとが理論的にも構造改革反対にまわるようになった、ということだった。つまりはじめから理論・方針上の対立があったのではなく、派閥抗争の激化が方針上、あるいは理論上の対立を激化させたのだった。いずれにしても、構造改革路線に反対という点で一致したため、佐々木派のスタッフたちも社会主義協会に入ってきた。ただ、その時期、中ソ対立が決定的になっていたが、向坂先生やその直系の人びとがソ連びいきだったのに対して、佐々木派の書記局員たちは、心情的には中国寄りの人びとが多かった。

ついでに派閥に関して僕自身のことについていえば、直属の上司である横山さんに誘われて、和田博雄派に属することになった。社会党本部にいる社会主義協会のメンバーの多くが和田派に所属していたからだった。社会党本部の社会主義協会のメンバーの多くがなぜ和田派だったかということでは、社会党の左右統一のさい、和田派が社会主義協会とおなじように統一反対の行動を行なったことに由来すると想像する。

和田派に属しているといっても、和田博雄さんがでてきて何かを指示するということはなかった。僕の上司の横山さんを含む書記局派閥のボス的な人たちが相談して決めて、僕たちに指示をしてきた。たとえば、総選挙の際には、和田派に所属する候補者のところに応援に行く、といったことである。

僕も割り当てられて選挙活動に行ったことがある。そういうときには、社会党本部から支給される旅費のほかに派閥から一定の行動費のようなものがわたされるのが慣行だった。一包のおカネは年末にも配分された。そのような費用の出所は長野県選出の原茂衆議院議員だったようだ。僕自身は、原さんとはのちに衆議院の委員会質問か何かで何回かお目にかかったことはあるが、それほど親しかったわけではない。原さんはのちに社会党本部の財務委員長もつとめた。

構造改革論争との関係でいえば、和田さんと和田派に属する書記局メンバーは、濃淡はあったが路線としての構造改革には批判的だった。しかし、和田派に属する衆参の議員の大半は、構造改革路線に同情的になり、そうした人びとのトップが勝間田清一政審会長だった。その意味では和田さんは孤独で、最後まで和田さんについていたのは原茂さん一人だったようだ。

構造改革論争は、僕が社会党政審に入る直前に江田三郎書記長が『エコノミスト』誌に発表したいわゆる江田ビジョンで最高潮に達した。江田ビジョンは、アメリカの高い生活水準、ソ連の徹底した社会保障、イギリスの議会制民主主義、日本の平和憲法を、人類が達成した最高の成果であるとし、こうした成果をもとにして、日本の体質にあった社会主義のビジョンをつくりあげていく必要がある、としていた。このビジョンには、国民経済研究協会会長をつとめた竹中一雄さんの入れ智恵があったと聞く。

一九六二年一二月に開かれた社会党大会は、僕が政審のスタッフとしてはじめて参加した大会だった。たしか警備の役割か何かの役を与えられ、二階の傍聴席の付近をウロウロしていた記憶がある。

この大会では、東京都連の代議員からだされた決議が可決された。その内容は、江田書記長が社会主義の理論に混迷をもたらすビジョン論を党外に発表した、など書記長の行動を非難するものだった。これが可決されたのをみた江田書記長は自身が不信任されたとみなし、書記長の座から降りた。そのあとで行なわれた中央執行委員選挙では、河上丈太郎委員長が対立候補なく留任しただけで、書記長以下の大部分のポストが江田支持グループと佐々木グループの対決となった。結果として江田さんにかわって書記長になったのが成田知巳さんだった。江田さんも、佐々木派の候補を破って組織局長になった。結果からいうと、この時点では、江田さんは良くないが、構造改革グループは悪くないというのが、大会代議員の多数派だったことになる。

結婚

この大会の直後の一九六三年一月に僕は旧名矢治静香と結婚した。形式上のことだったが、仲人は清水さんご夫妻にお願いした。披露宴は、平河町の都市センターホテルで行なった。披露宴の企画は、三鷹寮で同室だった山田陽一君と黒田朗君がすべてやってくれた。写真係は黒田君がつとめたが、カメラにフィルムを入れ忘れたということで、写真は一枚も残っていない。

ビックリしたのは、宴の途中で向坂先生が姿をお見せになったことだった。当時社会主義協会の事務局長をしていた佐藤保さんも一緒だった。どこかで聞きつけてかけつけていただいたようだった。社会党と総評、したがってまた戦後革新の理論面を代表するが、同時に論敵でもあった向坂・清水のお二人に登場していただいて、とても光栄に感じた。

向坂先生ご夫妻には、別の日、ごあいさつに伺った。その際、先生は静香に、妻たるものはいつも夫から三尺遅れて歩きなさい、と説いていた。でも先生ご夫妻が一緒のときは、横に並んで歩いておられたように記憶する。むろん、僕たちの場合も、結婚して六〇年近くなるが、なんにつけ妻が三尺後ろだったことは一度もない。とくに、山形大学に赴任して山形に定着してからの戦後革新としての地域での活動は、僕よりも頑強で一歩前にでていたように思う。その後六〇年近くにわたる結婚生活は、だいたいにおいて貧乏生活だったが、まあうまくいったほうではないか。

新婚旅行は伊豆だったが、そのうちの一泊は清水先生の手配で湯ヶ島温泉の白壁荘だった。長男が生まれたとき、名前をどうするか、これも清水さんに相談した。僕は、やはり戦後革新の申し子だから、子どもが四人生まれるとして、日本国憲法の精神である「恒久平和」を一文字ずついれたい、といったら、賛成をいただいた。そこで長男は恒一、長女は久美とうまくいったが、次男で行き詰まった。平の次では、銭形平次の平次くらいしか思いうかばなかったためだ。やむをえず、一つとばして、和の字をいれて和人とした。三男はまた苦労したが、結局下がわに平の字をいれて淳平とした。変型ではあったが、とりあえず日本国憲法に義理をたてたつもりだ。

というわけで、清水さんには、あとでのべる浪人生活時代の私生活の面でも、その生活がなりたつようにはからっていただいたうえ、国労とのつきあいという新しい活動の道をひらいてもいただいた。僕たち夫婦の人生にとってはかけがえのない人だった。

僕のほうからのお返しはほとんど何もなかった。強いていえば、清水さんが信州大学に赴任される少しまえ、一時は重体に陥るほど重い敗血症で杉並の河北病院に入院されたことがあったが、その退院のときに面倒をみたぐらいである。いまは廃刊となった『労働経済旬報』の庄司光郎さんが車をもってきて、杉並から浦和のご自宅までお送りした。その時代の清水さんは浪人で、入院費もままならぬ状態だったようだが、入院費用は太田薫さんがみたようだ。向坂先生といい、太田さんといい、清水さんといい、僕の一世代まえの戦後革新を彩る人びとの、左手では殴り合い、右手では握手をしているようなつながり方は実に興味深かった。清水さんが亡くなったあと、ご子息の克郎君に依頼されて葬儀委員長もつとめさせていただいた。

社青同のその後

政審に勤務するようになって三年目の一九六四年という年には、共産党の四・八声明とか、春闘での池田・太田会談とか、ソ連の核実験を機にした原水協（原水爆禁止日本協議会）の実質的な分裂とか、政治面では池田勇人内閣から佐藤栄作内閣への交代とか、いろいろなできごとがあった。トンキン湾事件を口実にアメリカが北ベトナムを攻撃し、実質的にベトナム戦争がはじまったのもこの年だった。

こうした社会的動きとは別に、直接僕の身辺にかかわる事態はふたたび社青同だった。結成以降、社青同は西風勲・初代委員長、西浦賀雄・二代委員長を中心に、だいたいにおいて、構造改革グループがリーダーシップを握っていた。ところが構造改革論争というか、江田・佐々木両派の抗争というかが激化するあおりもあって、社青同のなかでも内部抗争が激化した。

反対派の中心は、社会主義協会グループだったが、まだ明確に勢力形成をしていたわけではなかったが、のちの解放派もその一翼をなしていた。二月に行なわれた大会では、反対派が提出した運動方針の修正案が可決された。修正案は、旧執行部が社青同を文化運動や平和運動などさまざまな青年運動を大衆運動として結集する「大衆化路線」を基調としていたのに対して、「改憲阻止・反合理化」の基調のもとで、活動家の組織にしていこうという点にあった。この場合の「改憲阻止」というのは「護憲」とか「憲法完全実施」というスローガンとは異なっていて、自民党が進める憲法改悪に絶対に反対する、というもので、たとえば、社会主義の時代になったときにはそれにふさわしい憲法をつくるという意味合いを含んでいた。向坂先生もなんのときだったか「憲法は不磨の大典ではない」といわれたことがある。これは、社会主義になったとき、つまり川の向こうのことを考えれば、とうぜんの話ということになろう。

修正案が可決されたあと、執行部は総辞職し、従来の主流派は新しい執行部にも人を送らないことにしてしまった。社会主義協会グループはこの大会で、執行部を全面的に確保するつもりはなかったと思う。なぜなら、副委員長には永田恒治君、書記長には立山学君、その他少数の執行委員には立候補者をたてていたが、委員長や何人かの執行委員の名簿は空白だったからだ。委員長は一カ月後、杉並の区会議員をしていた深田肇さんに決まった。

僕も社会主義協会グループに動員されるかたちで、執行委員となり、財政と国際関係を担当した。財政といっても、どのような活動に費用を使うかはもっぱら立山君がきめた。問題は収入の方で、同盟員の会費ではまったく足りなかったから、社会党本部の会計や佐々木派の書記局ボスと交渉して、二〇万円、三〇万円と調達してくるのが僕の任務だった。

国際の方は、退任した諫山正さんのあとを継ぐということだったが、こちらの方は面白かった。というのは、中ソ論争・対立の発展のなかで、最初、共産党とそのいわば傘下にある民青は中国派とみられていた。こうした動きを牽制するためであったろうが、ソ連の青年団体から連携のアプローチがあり、一九六五年には社青同の代表団をソ連に派遣し、世界民青連の大会にも出席した。

世界民青連の大会で気がついたことは、日本の民青代表は、中国代表団と仲良くするのではなく、すでに始まっていたベトナム戦争下のベトナム代表団とか、キューバ代表団などと同一行動をとっていた。中ソ対立のなかで、共産党は中国派とみられていたが、そうではなく、中ソとは別の第三のグループを形成している印象を受けた。一九六六年になると、毛沢東主席と宮本顕治共産党書記長の会談は決裂し、いってみれば反ソ・反中の姿勢が明確になった。

このためもあって、中国からも、たぶん当時社会党東京都連書記長をしていた曽我祐次さんを通じてのことと思うが、社青同へのアプローチがあった。これにもとづき、社青同は代表団を派遣した。対応してくれたのは、青年団体というより、中日友好協会だった。なかでも同協会の副事務局長だった孫平化さんには終始つきあっていただいた。

話し合いの席上、中国側から社青同を窓口とする日中青年大交流を実施しようという提案があり、双方で一致した。日本側では準備を進め、社青同の枠を超える多数の参加希望者が集まった。当時はまだ日中間に国交はなく、渡航許可が大問題だった。発給のためには対政府交渉も行なった。相手は内閣官房副長官をしていた竹下登氏だった。応対は親切だったが、絶対にイエスとはいわなかった。しかも、ちょうどこの時期、中国では文化大革命がはじまっていた。こうした双方の事情でこの計画は消滅した。のちに小沢一郎氏がマネージした日中青年大交流はこのときの計画が下敷きになったのだとひそかに思っている。

こういうことがあったが、社会主義協会主導の社青同の活動がうまく展開したとはいえなかった。僕自身は二年で執行委員をやめるが、その直前に、社会主義協会グループと急速に勢いを増した解放派とのあいだで文字通り血で血を洗うような抗争があって、解放派は独立した組織となった。その後には、社会主義協会の向坂派（以下の場面で協会派とする）と太田派の分裂があって、けっきょく社青同は、向坂派、太田派、解放派の三つの組織に分裂した。

分裂の時期には、僕自身は社青同とはかかわりがなくなっていたから、どこにも所属しなかったが、どちらかといえば、太田派系の活動家との付き合いが多かった。もっとも太田派系の社青同といっても、太田薫さん自身がリーダーシップを発揮していたわけではなかった。付き合いの典型は、社青同中央大学班出身の田中尚輝君で、彼はのちにＮＰＯの中間支援団体をたちあげて大きな役割をはたすことになる。

この時点で、僕は解放派との組織上のかかわりはほとんどなかった。解放派の活動家たちは、のちに生活の維持のためと活動の拠点をもつという二つの視点から、一九八〇年代に首都圏コープ（現在のパルシステム）という生協をたちあげて成功した。こうしたなかで、その中心となった下山保君とは交流が復活した。前述の「空想から科学へ」ではなく「科学から空想へ」という大内力先生の話はこの下山君との交流のなかで生まれたことだった。

「日本における社会主義への道」

話は一九六四年に戻る。この年一一月に社会党は第二四回大会を開いた。いまでも記憶に鮮明であるが、河上丈太郎委員長の冒頭挨拶は印象的だった。この大会にさきだつ一〇月にイギリスの総選挙では一三年ぶりに労働党が勝利し、H・ウイルソンが首相の座についた。河上委員長の挨拶は、これを高く評価して、新しい時代感覚で政権への道を切り開かなければならない、と力説した。河上委員長が社会民主主義という用語を使ったのかどうかまでは覚えていないが、あいさつのなかで、ヨーロッパ社会民主主義への憧憬というか、親近感というかが示されていたことはたしかであった。僕自身はこの河上演説にかなり大きな親近感を覚えた。

しかし、大会自身は、河上演説とはまったく逆の方向に進んだ。というのは、この大会で社会党の新しい綱領的文書ともいえる「日本における社会主義への道」が、大筋で決定されたからであった。

この文書は、構造改革論争に終止符をうつという目的で設置された社会主義理論委員会で討議され、原案が作成されたものだった。委員長には鈴木茂三郎元委員長、事務局長には勝間田清一政審会長が就任していた。しかし、実際の作業は、高沢寅男さん、横山泰治さんなどといった政審のベテラン書記局員があたった。多くの部分は高沢さんの執筆によるものだったと思う。僕も福祉国家批判といったような細かい作業の部分に動員された。僕の原案では、労働運動の発展のなかで、国家がとりいれざるをえなかったものとしたが、これにも高沢さんの手が加わり、資本家階級の支配する国家が国民をごまかすための手段とされた。

原案と大会論議を通じて、「道」のなかでは構造改革論は全面的に否定され、民主的な選挙で樹立される短期の過渡的な政権を経て、労働者階級によるある種の階級支配、プロレタリア独裁という用語は使用されなかったが、実質的には要するにプロ独を実行する権力を樹立するのが、社会党が志す社会主義革命であると規定していた。このような内容がより強められるかたちで、「日本における社会主義への道」は、一九六六年一月の大会で正式に決定された。

僕は、「道」論議と、河上委員長の演説に示されるヨーロッパ社会民主主義への憧憬とのあいだに大きな違和感を覚えたが、下っぱの僕に、何かの行動がとれるわけではなかった。それにしても、社会党はこの時点でなぜ、社会民主主義を全面的に否定してしまったのか、僕にはわからない。構造改革論にしても、マルクス主義の枠内の論争としてではなく、社会民主主義を加えた広い戦線のなかで論議されたら、戦後革新にとってもっと生産的なものになったと僕は思う。一方で、僕たちは、やはり一九六六年一月の大会で決定される現実的な政策の集大成としての「明日への期待」を全力をあげて作成していて、その内容は、プロレタリア独裁とはかかわりがない、現実の人びとの暮らしの改善だった。川の向こうと川のこちら側という二重性はいぜんとして解消していなかった。

第4章　成田委員長のゴーストライター

1　美濃部選挙

社会党教宣局に移る

一九六七年はじめ、僕は人事異動で、五年弱在籍した政審から社会党本部の教宣局に移ることとなった。理由はよく覚えていないが、たぶん政審の主要なスタッフであった高沢寅男さんが一九六六年末の社会党大会で教宣局長に選出され、ある程度気心の知れた僕をつれていきたい、といったせいだったと思う。議員ではない書記局のベテランが中央執行委員（中執）に選出されるのは、一九六六年はじめの大会からだった。なお、さらにそのまえ一九六五年の大会で河上委員長は退任し、佐々木更三委員長になっていた。成田書記長はそのまま留任していた。

教宣局は、さまざまな仕事をもっていた。まず、いろいろな事件が発生するたびに社会党の考え方を伝える談話の作成、各種の団体とのつきあいなどなど、社会党の外との窓口としての機能をもっていた。移籍後、談話はかなりの程度、僕が書いた。内容の多くは、当時総務局に在籍していた石塚芳雄さんが情報をもってきたのが下敷きになった。石塚さんとはこの頃からだんだん深いつきあいをするようになったが、そのことが僕の人生にも大きな影響をおよぼすことになることは後述する。知恵をしぼって一生懸命に書いた談話よりは、いってみれば、机に脚をあげて書いたものの方が新聞などに大きく取り上げられる確率が高かったように思う。

特定の新聞やテレビ局の記者などとは僕自身は深いかかわりはもたなかった。ついでながら、そうしたかかわりを作って社会党の影響力を高める天才的な能力をもっていたのは、僕が社会党を退任したあと、教宣局に入った伊藤陸雄君で、記者のあいだで個人的な信頼も得て、マスメディアを通ずる社会党の存在感を高めるうえで大きな貢献をしたと思う。伊藤君と知りあったのがいつ、どのような経緯かは忘れたが、この時期から伊藤君の死に至るまで、文字通り終生の友となった。

ただ、談話などの仕事をするうえでは悩みがあった。政審以来、「現場」から遠ざかるようになってしまって、問題が発生したときに、ふつうの人びとがどんなふうに感ずるか、どのように考えるか、といったことを知る機会がなくなってしまったということだ。わずかに、たとえば、電機労連（全日本電機機器労働組合連合会）傘下の明電舎労組に、諫山正さんと交代で、定期的な学習会にアドバイザーとして行く、といった機会はあり、現場の労働組合員の意見を聞くことができた。当時の明電舎労組の委員長は、のちに都議となり、民主党の都議団幹事長もつとめた河合秀治郎さんで、執行委員には、のちに連合東京の事務局長となった木村智佑さんもいて活発な組合だった。このお二人とはやはり終生のつきあいとなり、いろいろなことを教えてもらった。しかしそれも例外的で、社会党の本部にいるかぎり、日常の仕事に追われて、継続的に現場を知るということは困難だった。談話のようなものも、本部としての頭のなかで構成するほかはなかった。

党内向けの仕事としては、理論誌とされていた『月刊社会党』の刊行があった。当時この雑誌が機関紙局ではなくて教宣局の縄張りにおかれた理由は知らないが、校正などのために月に何日かは、市ケ谷の大日本印刷にとじこもることとなった。

もう一つの仕事は党学校の運営だった。これは、都道府県の専従者や活動家を集めて二泊三日とかで集中的に教育し、党の基本的な考え方の一致をはかろう、というものだった。講師としては成田書記長や高沢教宣局長が中心となったが、憲法の小林直樹先生のように外部から専門家をお呼びするケースもあった。もっとも基礎的な社会主義の理論を講義していただくということで、向坂先生をお呼びしたこともある。このときには、先生の奥様にもご一緒いただき、講義のあと、下田港でご夫婦を接待した。

党学校のテキストを兼ねて、党内外の専門家に依頼して原稿をもらい、ブックレットも作成した。その一つが、松尾均日本女子大学教授にお書きいただいた『女性論』だった。誰の推薦だったかは忘れたが、高沢局長が、女子大の先生だから適任だろう、などといって推進した。できあがったブックレットの内容は、A・ベーベルの女性論を下敷きにしたもので、社会主義が実現しないと、男女の完全な平等は実現しないという原理的なものだった。僕と松尾先生との交流はこのときからはじまり、これも、いろいろな意味で、僕の人生に大きな影響を与えることになる。

美濃部知事の実現

いま述べたことは、教宣局員としての日常であった。実は、教宣局に移動した一九六七年のはじめには、東京都知事選挙という非日常が待っていた。当初は、前年に総評議長をやめた太田薫さんが立候補を表明するなど、いろいろないきさつがあったが、成田書記長らの強い働きかけで、最終的には、美濃部亮吉東京教育大学教授が立候補することとなった。

一方で、この知事選挙では、社共共闘が成立していた。両党のあいだでは政策協定と共闘体制協定が調印された。美濃部候補の後見人ともいうべき立場にあった大内兵衛先生が社共協定には拘束されないなどと主張して、またもめたりしたが、最終的には、美濃部側が協定を尊重して政策を示し、それを両党が一致して支持するということでまとまった。つまり、社共協力は、選挙体制の全部ではなく、美濃部候補者側に主体性があることを認めたものだった。

このような考え方で大内兵衛先生をブレーンとして支えていたのは、都政調査会の小森武氏だったと思う。小森氏は、戦前期から労農派の学者グループと深いつながりがあり、何かと裏で支えてきた人物だった。何かのおり、向坂先生も、人民戦線事件で逼塞していたときに、ウナギをご馳走してもらったと回想されたことがある。美濃部知事が実現したあと、政策の推進などに大きな影響力をもち、都政のなかの怪僧ラスプーチンと評されたこともあった。しかし僕がお目にかかったかぎりではそんな印象はまるでなく、穏やかな感じの人だった。

共闘体制協定では「明るい革新都政をつくる会」を結成することになっていて、実際に新宿三丁目のビルを本拠としてこの組織が設けられた。僕は三月中旬から投票日までの約四〇日間この事務所につめたが、かなりの期間にわたって「明るい会」の会員を「選別」するといういやな仕事をやらされた。これは社共間で取りかわされた覚書のせいだった。当初、社共両党は「明るい会」を、団体加入を原則とすることで同意していたが、美濃部候補側の意見もあり、個人も参加できる仕組みになった。しかし、社共両党の覚書では、両党の意見が一致しない団体や個人は、参加させない、つまり共産党が同意しない団体や個人は排除することになっていた。

「選別」といったのは、団体や個人の加入用紙を点検して、これは会員として認める、認めない、を判断する作業のことだった。この作業を僕と共産党からでてきた津金佑近氏の二人でやった。津金氏は、のちに衆議院議員や共産党本部の統一戦線部長もやった共産党の有力幹部だった。ふつうはおおらかな人で、僕も好感をもったが、「選別」は厳密だった。共産党の歴史のなかで、さまざまな原因で除名された人びと、そうした人びとが創設した組織はつぎつぎと排除された。僕は、ともかくこの選挙で、美濃部を支持するといっている多様な人や組織は全部入ってもらいたかったが、覚書があるために、排除を認めるほかはなかった。労働組合のなかでは、イデオロギー的な反共とは別に「共産党ぎらい」という雰囲気がよくあるが、その原因は、いったん共産党に反旗を翻すと、人として認めないといった共産党の組織体質がもたらすものではないか、と当時実感したのだった。

裏ではこんなことがあったが、「明るい会」の活動は劇的に発展した。「明るい会」は資金集めをかねて、丸い青空バッジを発行したが、電車にのっても、かなり多くの人びとがつけていた。ついには、会のものとおなじ青空バッジをつくって資金稼ぎを行なう団体まで現れた。僕自身は、選別作業以外にも、曽我祐次・社会党東京都本部書記長の指示で寄付金集めにまわったり、資料を作成していくつかの労働組合に届けたり、けっこう雑用が多かったし、『月刊社会党』の編集など本来の教宣局の仕事も重なって多忙だったが、「明るい会」のなかにいて、美濃部ブームを実感することができた。このブームに乗って美濃部は当選を果たした。たぶん、東京という地域に限っていえば、少なくとも量的には、安保闘争以上に、戦後革新を結集したのが美濃部選挙だった。そのカギとなったのは、「地域」と「多様性の集中」の二つだったと思う。このことは、まだ感覚にすぎなかったが、のちの僕の考え方に大きな影響を与えた。

2　成田論文

成田づき

美濃部当選はよかったが、そのあとすぐ肝心の社会党が混乱した。美濃部当選の三カ月後の臨時国会で、健康保険特例法案に社会党は徹底抗戦した。これを収拾するために示された衆議院議長のあっせん案を佐々木委員長は委員長裁断のかたちで受け入れた。混乱の原因は、この年一月の「黒い霧」解散による総選挙で当選した広沢賢一、西風勲といった、いわゆる一年生議員がこの委員長裁断に反乱を起こしたことにあった。この混乱で、結局のところ、佐々木委員長、成田書記長は辞任して、臨時大会が開かれて委員長に勝間田清一、書記長に山本幸一各衆議院議員が選出されて新しい体制となった。

僕は、教宣局員のまま山本書記長づきを命じられた。それまで僕は山本さんと深いつきあいがあったわけではないが、同じ岐阜市出身だということできめられたのだと思う。仕事としては、書記長談話の準備や選挙のさいの遊説の同行などがあった。翌一九六八年、参議院選挙で社会党が全国区、地方区あわせて八議席、得票率で三ポイント強の減少という「惨敗」を喫したあと、いわゆる女性問題で山本書記長が辞任した。このさいの山本さん本人の談話の草稿も僕が書いた。さらに選挙結果に責任をとるということで勝間田委員長も辞任したから、勝間田―山本体制は一年とちょっとしかもたなかった。

そのあとに登場したのが、成田知巳委員長、江田三郎書記長の新体制だった。江田さんはすでに委員長代行まで経験していて、リーダーとしては成田さんより先輩にあたっていたから、「逆子人事」ともよばれた。この体制は一九七〇年まで続き、その年の大会で書記長は石橋政嗣さんに交代した。成田・石橋体制は一九七七年に成田さんが病気で倒れるまで続く。

成田・江田体制ができる直前から、僕は、いわばボランティアで、成田さんの演説や論文の下書きをする役割を担うこととなった。これはもとはといえば、石塚芳雄さんの誘いによるものだった。成田さんの持論は機関中心主義で、派閥解消論であったから、議員団のなかに成田派といった集団があったわけでもなかったが、書記局のなかでも、石塚さん以外には、それぞれの党務の仕事を超えて成田さんを支えようとする人材はいなかった。本部の書記局のなかでは、唯一、石塚さんだけが、党との関係ばかりでなく、成田家のなかまでなにくれと面倒をみていた。石塚さんは、成田さんの大学時代からの友人で、衆参両院の議員をつとめた松井誠さんの秘書をしていたことがあり、その時代からのつきあいだった。

委員長になってからの成田さんもわりに孤独だったように思われる。中央執行委員のなかでは、田中寿美子参議院議員は議員会館の成田室に出入りしていて、僕ともジェンダー平等について議論をした。これについて成田さんはあまり意見をいわなかった。成田さんと田中さんは委員長時代に一緒に英会話の勉強もしていたと聞いたことがある。また中嶋英夫衆議院議員が、資金面を含めて面倒をみていたといわれるが、表面にたって党に影響力をおよぼす、といった活動があったわけではなかった。衆議院議員の楯兼次郎さんもときどき現れた。楯さんは岐阜県出身で、一九六八年の参議院選挙のさいには一人区ということもあって、候補者難だった岐阜県選挙区で僕に候補者になるようすすめたが、参議院選挙時点では僕は二九歳で、まだ被選挙権がないといって断った。成田室にブレーンとして出入りしていた人も少なかったが、のちに共産党を除名される山田晟さんからの情報には成田さんは信頼をおいていたように思われる。成田さんは、ときおり清水慎三さんとも昼飯時にソバ屋で会って、意見をきくことがあった。このときはいつも僕は同席した。

成田さんの原稿の最初の手伝いは、たぶん、労働大学の雑誌『まなぶ』に掲載されたものだった。この文章は、石川啄木の『時代閉塞の現状』を引用した、わりとキザなものだったが、どういうわけか、成田さんに気にいってもらった。それ以降、ゴーストライターの役割をつとめることになった。成田さんの死後、その活動の記録をとりまとめて『成田知巳・活動の記録』として出版したが、その演説のかなり多くの草稿は僕が書いたものだった。成田さんは、事前に相談したうえのことだが、僕がへたな字で、二〇〇字詰めの原稿用紙に原案を書いたものを議員会館にもっていくと、赤鉛筆をもって待ち構えていて、縦横に書き加えたり、消したりして、原稿を完成させるのがふつうのこととなった。

社会党をやめたあとのことだが、社会党は日本短波放送の三〇分程度の時間枠を一般向けの宣伝手段として購入した。この枠で、僕はかなりの期間、成田委員長の聞き役、というか、話をもっていく方向づけをやった。あまり聞いてくれる人はなかったが、後年、あれはなかなか面白かった、といってくれた人もいた。

年末には、石塚さんや成田さんの秘書たちと一緒に忘年会をやるのも恒例だった。場所は、四谷大木戸近くのフグ屋にきまっていた。成田さんは、最初にでてくる花のようにきれいに並べられている刺身を、これまたきれいに半分ほど自分の皿に移してから、さあ皆で、というのが慣例だった。

成田研究会

成田さんが委員長になったとき、僕は、成田さんを鷺宮の向坂先生の家にご案内した。向坂先生がバックアップしている委員長ということであれば、当時、社会党内でしだいに勢力をのばしていた社会主義協会グループからの無用な批判をさけることができるのではないか、という計算があった。僕自身は、社会主義協会派の考え方にしだいに批判的になっていた時期ではあったが、前述のように、二回にわたるソ連・東欧訪問のカバン持ちなどで、個人的には先生ともっとも親密なかかわりをもっていた時期でもあった。

この会談のなかで、向坂先生から成田さんを中心とした研究会を行なうことが提案された。いわば成田委員長用の向坂教室をやろうというものだった。成田さんも同意して、実際にこの研究会は、正確な回数は覚えていないが、一、二年のあいだ議員会館で数回行なわれた。研究会には、社会主義協会系の研究者である御園生等東洋大学教授や長坂聡東京教育大学教授らが参加した。国会議員のなかでは、田中寿美子さんがよく来ていたが、山本政弘衆議院議員も顔を見せたことがあると思う。本部書記局からは、石塚さんのほか、伊藤陸雄君も加わった。

僕と親しい新田俊三東洋大学教授も常連の一人だった。何回目かの研究会で、各産別組織の動向がとりあげられた。このなかで、炭労が国への政策要求として、炭鉱国有化を提起していることが話題になった。フランスの経済計画が専門である新田さんは、諸外国の事例を紹介して、結局、資本主義下の国有化は、石炭問題の解決にはならない、と論じた。

その瞬間、向坂先生から怒号がとんだ。労働組合運動の現場のリーダーが本気でうちだしたものを、学者がえらそうに批判してはならない、というのがその趣旨だった。当時の炭労の書記長は、灰原茂雄さんで、三池争議の時期の三池労組の書記長であり、いってみれば労働運動面での先生の愛弟子だった。成田委員長を含む満座のなかで叱責された新田さんはすぐ席をたって退場し、その後は社会主義協会からまったく離反してしまった。

新田さんの直接の離反の原因は成田研究会にあったが、それだけではなかった。一九六〇年代後半のこの時期には、社会運動にかかわって国の内外で多くの問題が発生していた。国際面では、一九六八年とその前後、フランスの五月危機やイタリアの熱い秋、デトロイトの黒人暴動など欧米諸国で大きな大衆運動が相次いでいた。一方で、東側では、チェコスロバキアで「プラハの春」が進展した。これに対してソ連はワルシャワ条約機構軍の名で介入し、民主化を武力でおしつぶした。向坂先生は、社会主義の大義を守るということで、ソ連の立場を支持したが、新田さんは公然とブレジネフ独裁下のソ連を非難した。「プラハの春」は、ソ連・東欧体制崩壊の序曲であったが、それを契機とする新田さんの向坂派社会主義協会からの離脱は、向坂派研究者グループの崩壊の序曲ともなった。これから一〇年ほどのあいだに多くの研究者がボロボロと離反していった。

僕は、この時点で、向坂派社会主義協会を離脱こそしなかったが、「プラハの春」の経過については、新田さんとほぼ同様の見解に達していた。プロレタリア独裁の名において、自国または他国の人民を、武力を用いて抑圧することには怒りをおぼえたが、その論理的な仕組みについて、その時点ではっきり自覚していたわけではなかった。しかしすこしのちに「プラハの春」の立役者の一人であったズデネク・ムリナーシの『夜寒―プラハの春の悲劇』を読んだとき、霧がはれる思いをした。

ムリナーシは、僕の理解では、プロレタリア独裁、個人独裁型のそれが成立するのは、抽象的な労働者階級というものを想定するからにほかならないと述べていた。さまざまな思いをもって一人ひとり異なる思いと行動、汗と血と涙をもつ労働者ではなく、抽象的で単一化された労働者を前提とすれば、労働者階級は共産党が代表することができ、その共産党は中央委員会が代表でき、中央委員会は書記局が代表でき、そして書記局はただ一人の書記長によって代表でき、ここに書記長独裁が成立する根拠があるということである。ムリナーシが提示した論理、汗と血と涙をもった多様な労働者あるいは人びとこそが主体であるべきだ、という考え方は、現場主義の教育で育った僕にはぴったりだった。

成田論文をめぐる騒動

ゴーストライターとして活動しているうちに事件が発生した。いわゆる成田論文問題だ。ここでの成田論文というのは、『月刊社会党』一九六九年八月号に掲載された「党建設と青年戦線」のことであった。背景には、一九七〇年闘争を社会党や総評が日米安保条約の自動延長反対を呼号しても一向に盛り上がらなかった反面、べ平連（ベトナムに平和を!市民連合）による市民運動型のベトナム反戦運動や、東大安田講堂占拠にみられるような学生の全共闘運動が大きな高揚を見せていたことがあった。

この時期の学生運動の主流には、一般に新左翼という呼び名が与えられていたが、内部では、諸セクトがあり、ゲバルトをともなうセクト間の抗争も激しかった。こうした新左翼の影響は、労働組合の青年部の一部に及び、最初は社青同と総評の青年部が共同して設立した反戦青年委員会が、労働組合の統制を外れ、過激な行動にはしる傾向も現れた。要するに、それまでほぼ、社会党と総評のもとで展開してきた戦後革新とは異なる動きの要素が社会運動のなかに大きく現れた。

僕が原案を書き、成田委員長が手を加えた論文は、主として全共闘を念頭においたうえで、これらの、とくに青年運動にみられる新しい動きをどのように理解し、戦後革新とどう接続していくかを考えようとしたものであった。ここには、そうした用語自体は使用していないが、内容的には、「多様性」、「共に撃つ」、「構図」という三つの思いをつめこんでいた。

「多様性」というのは、個々の人格をもった市民や学生が運動の主体となっているという意味である。あらかじめ、組織の頂点から発せられる指令にしたがって行動する統制型ではない運動が展開されはじめているという理解である。戦後革新というのは、結局のところ、社会党や総評の統制下に展開されてきたが、多様な個々の人びとの自発性にもとづく活動が生まれていることにもっと注目すべきである、という趣旨であった。このような多様な人びとを、いってみれば、戦後革新にどのように組みこんでいくか、という問題意識がそこにはあった。こういう認識は、ベ平連や学生運動に刺激されただけでなく、前述のように美濃部選挙にも如実に示されていたから、その陣頭にたっていた成田委員長は、僕の草稿にまったく異論を唱えなかった。

「共に撃つ」というのも多様性と関係していた。これも美濃部選挙の経験にかかわっていたが、都民の多くが、社共の政策協定を全面的に支持して美濃部さんに投票したわけではなかった。それどころか、まったく関係なく、人柄がよさそう、などという理由で投票した人も多かった。つまり、多様性の時代には、ある種の統制のもとに「共に進んで共に撃つ」ではなく、それぞれ別個に進んで、結果的に「共に撃つ」でなければ、最終的な成果をあげられない、という思いを表現していた。

最後の「構図」は、この論文を書くとき自体は知らなかった用語を借用している。この用語は、一九七〇年代後半に行なわれ、のちに『戦後労働組合運動史論』という著作に結実した清水慎三さんを中心とする研究会で中島正道さんが僕にいった用語だったと記憶する。たしか中島さんは、「安保世代は科学が基本だったろうが、僕たち全共闘世代は構図が命だからね」と言ったと思う。成田論文では「構図」という用語はまだ知らなかったが、どんな社会をつくりたいかという願望をもつ「個」に立脚して、社会運動を形成しようという論文の内容とは一致していたと思う。

この論文の内容は、『月刊社会党』発行の直前、毎日新聞のトップをかざった。そこでは、成田委員長が、全共闘や反戦青年委員会などに同情的な考え方を示しているように扱われていた。そうした報道のあり方もあって、とくに労働組合のリーダーから、否定的な大反響があった。たとえば、太田薫前総評議長は、「社会党は指導力もないくせに反戦青年委員会、べ平連、全共闘などと共闘できるとしている」と非難した。内容的には、総評など労働組合から発せられる非難の嵐の典型だった。総評・社会党ブロックとか、固い協定に基づく社共共闘とかいったかたちとは別の共同行動への模索という視点はまったく理解されなかった。

実践面でも、社会党と総評の亀裂が深まっていた。一部の産別で中央本部の統制に服さない、いわゆる反戦派の青年グループの影響が大きくなりはじめていたこともあって、総評からは反戦青年委員会の解体が要求された。社会党側は抵抗したが、最終的には反戦青年委員会から学生団体を外すことで決着した。反戦青年委員会の事実上の解体だった。学生運動の諸セクトがこれ以降いわゆる内ゲバ、外ゲバに走り、自滅の道に走ることになるが、その原因の少なくとも一つは、反戦青年委員会という「別個に進んで共に撃つ」場の消滅にあったと僕は思う。

社会党をやめる

僕が推進した成田論文は、一九七〇年闘争の展開にも、戦後革新の新しい発展にも寄与せず、結局のところ、ただ新たな混乱のたねとなってしまった。その意味では、成田委員長に迷惑をかけたことにもなった。そのことについて、成田委員長も、成田論文の原案を僕が書いたことを知っていた社会党本部の人びとも、僕を非難するようなことはなかった。しかしやはり責任をとる意味で、党本部をやめた方がいいのではないかと考えるようになった。

ちょうどその時期の一九六九年一二月に総選挙が行なわれた。社会党はこの選挙を一九七〇年闘争の帰趨を決する重要な選挙と位置づけ準備をすすめてきた。ただ、選挙に勝利するためには、候補者の数を増やさなければならない。これまでは、労働組合のリーダーのなかから、候補者をだしていたが、労働組合の方では、それほどかんたんに新しい候補者をだすことができなくなっていた。一方で、戦後革新の多様性を考えると、労働組合にだけ候補者を依存するのは、幅を狭くしてしまうことにもなる。というわけで、東京都知事選挙の例にみならっていわゆる学者・文化人を積極的に擁立しようという雰囲気が高まってきた。成田委員長がそうしたムードを実践に移す先頭に立っていた。

成田委員長からは僕にもご下問があった。誰と誰だったかは忘れたが、数人の名前をあげたと記憶する。そのなかにもあったが、いろいろな可能性を考えて、この選挙では、土井たか子さんと嶋崎譲さんにしぼって、立候補を承諾させようということになった。

土井さんは、当時、同志社大学の非常勤講師をしていた。「将を射んと欲すれば、まず馬を射よ」ということわざではないが、僕はまず土井さんの恩師である田畑忍同志社大学教授の了解をとった方が話の通りがいいのではないか、と進言した。田畑教授は、憲法学の大家で戦後革新論壇の一翼を担われていたが、社会党の非武装中立ではなく、スイスの国民皆兵にみられる専守防衛型の武装中立の主唱者でもあった。ご子息が社会党書記局の一員であったから連絡をとってもらい、成田委員長を同志社大学の研究室に案内し、田畑教授と面会して事情を説明したところ大いに賛成されて、説得役をつとめられ、土井さんの立候補が決まり、一九六九年の総選挙で当選を果たした。土井さんとは、どういう事情であったかは忘れたが、一九六九年の兵庫県評のメーデーのデモ行進に並んで参加した記憶がある。

嶋崎さんは、当時は太田派社会主義協会に属していたが、僕とは三池闘争以来の知己で、僕の方からも連絡したが、成田委員長の説得でスムーズに立候補が決まった。しかし、一九六九年の総選挙では当選できなかった。つぎの一九七二年の総選挙で当選を果たした。

こうした新しい試みが行なわれたものの、一九六九年の総選挙では社会党は前回の一四三議席から九〇議席と惨敗した。自民党は三〇〇議席を確保し、民社党と公明党も議席をのばした。

社会党本部の財政の多くは国会議員の歳費から徴集する費用でまかなわれてきたから、衆議院議員の三分の一がいなくなっては、成り立たなくなる。このため、成田・江田執行部は本部職員の削減を計画し、退職金を引き上げるという条件で、希望退職者を募集することとなった。

僕は、清水慎三さんのところに相談に行った。清水さんは、やめどきかな、と言って、僕の意見に賛成してくれた。そのうえ、やめてから生活に困らないように、という配慮で、後述のように、新しい仕事も用意していただいた。そこで、僕は、退職募集に手をあげた。こうして一九七〇年三月三一日付けをもって、僕は社会党本部をやめた。三〇歳の誕生日をすぎたばかりのときであった。

第5章　浪人時代

1　国労とつながる

国労東京二〇年史

社会党本部をやめるさい、清水慎三さんが僕に用意していた仕事というのは、国労（国鉄労働組合）東京地方本部の二〇年史を二、三年のあいだに編纂する、というものだった。これは、清水さんが、国労本部の谷合勝正教宣部長から頼まれたものだった。清水さん自身は、信州大学に赴任したばかりで、監修はするが、実際の作業は、別の人間にやらせる、ということで引き受けてきた。僕は、週のうち二日程度、東京駅の近くにあった東京地本にでかけるなど、二〇年史の編纂活動にあたるということで、毎月その分の手当がでることになっていた。

僕がその仕事を引き受けるにあたっては、清水さんから条件がついていた。信州大学経済学部での清水さんのゼミ生であった猪瀬直樹君を助手として参加させ、一緒に仕事をする、というものだった。のちの東京都知事の猪瀬氏だ。彼は、僕の知る限りでは、信州大学在学中、中核派のセクトに属し、信州大学全共闘の議長をつとめ、大学当局とわたりあった。直接の相手は、僕の実質的なゼミ教官だった高梨昌信州大学経済学部長だった。猪瀬君は大学を卒業したあと、就職しないまま上京し、ビル清掃のアルバイトをしていた。国労東京二〇年史の作成では、山手線の巣鴨駅の近くにあった国労の寮に泊り込んで、資料や聴き取りの整理などを一緒にやった。やがて、彼は明治大学大学院に入学し、橋川文三教授のもとに入って国労東京の仕事から離れた。

この仕事でも、清水さんと国労東京の了解を得て、できるだけ現場主義の手法をとった。つまり、大会の議事録のような基本的な資料は尊重したし、当時のリーダーからの聴き取りも大いに活用したが、それぞれのできごとに現場でどのように対処したかをもっとも重視することとした。聴き取りは東京地本傘下のすべての支部で行なった。このような現場の聴き取りからは、歴史に関することだけでなく、国鉄労使関係の現状についても、興味深いいろいろな事実を発見した。

歴史に関することでいえば、労働基準法制定当時の資料のなかに、一枚の血判書が東京地本に保存されていた。文字通り血のあとが残るこの資料は、制定される労働基準法のなかの女性の深夜労働禁止の条項に反対するものだった。深夜労働の禁止は、女性保護規定のなかでももっとも重要なものと位置づけられていたが、国労内ではこの保護規定を女性組合員自身が反対していた。その理由は、深夜労働が禁止されると、女性に働く場がなくなり、結局は職を失うことになる、というものだった。

のちの一九九〇年代の労働基準法改正をめぐって、労働組合の内部に保護か平等かの対立がおきるが、実はそれと同じ内実をもった論議が一九四六〜四七年の時点でなされていたことがわかる。実際には、一九四九年のドッジ・プランのもとでの国鉄における人員整理のなかでは、先駆的なレッドパージもあったが、なにより戦時中に兵役に服した男性に代わって鉄道職場に登場していた女性たちが大量に解雇されたのであった。

当時の実態にかんすることで別の例をあげるとすれば、「年寄り交番」というものがあった。これを発見したのはたしか国府津電車区だった。交番というのは、国鉄におけるシフトのことで、運転区であれば、所属する運転手の乗務する時間や区間を示したものだ。年寄り交番というのは、おなじ運転区に属する乗務員のうち年配者をいたわるかたちで、乗務を少なく設定するなど、いわば優遇措置が行なわれるものであった。こうした交番表の作成は、実質的に電車区の従業員代表にあたる人たちで作成されるもので、当時は、働き方のルールについては、組合員による一種の自主管理が職場単位でみられた。

こうした活動のなかで感心したことは、初期の国労幹部の多くが、たとえば国労初代委員長の加藤閲男さんがそうだったが、自分の活動の丹念なメモをもっていたことだった。たんに、思い出としてだけではなく、あくまで自分用のメモだったが、さまざまなできごとを、当時のメモをもとに再現していただけた。

こうした聴き取りや資料をもとに原稿を書くと、すべて清水慎三さんがチェックした。その結果、最終的に成立したのが『国鉄労働組合東京地方本部二〇年史』だった。この本の表紙には監修者としての清水慎三さんの名前とともに、編者としての僕の名前が記載された。表紙に自分の名前が記載された最初の本となった。

反マル生闘争と国労綱領

僕が国労東京二〇年史の作業を行なっていた、ちょうどその時期、国労および動労（動力車労働組合）は、反マル生闘争を展開していた。生産性向上という名で一九七〇年から行なわれた当局の国労潰しのため、約三万人の組合員が国労を離脱し、その多くが国労からみれば第二組合である鉄労（鉄道労働組合）に加入した。国労執行部は国鉄マル生との対決に全力をあげた。その一つとして、本部と役職員と国労に同情的な研究者などがチームを編成して、現場の実状の調査と組織のひきしめをはかった。僕も、その一員に加えられ、北海道の釧路地本の現場をまわった。いまは廃線となっている標茶線の中標茶という駅の分会の集会まででかけたことを覚えている。この集会には家族も参加していたが、本部側がもつ悲壮感よりは、むしろ明るい論議が印象的だった。国労本部が企画した、社会党、共産党、公明党も加わった各種のマル生調査団にも一応文化人の建て前で参加した。

反マル生闘争は、最終的には国労側の勝利に終わった。僕の理解では、国労の勝利の大きな要因は、人権闘争としての側面が大きかったことにあった。内部告発や内偵による録音などで明らかになった管理者側の反人権的な手法が、マスメディアを通じて、世論の同情を確保したことが勝利につながった。その意味では、国労・動労の戦闘力がなければむろん勝利はなかったが、国労・動労の活動の実力だけでの勝利とはいえなかった。この点の自覚の欠如はつぎの局面での国労のあり方を大きく規定することになる。

僕自身のことについていえば、この反マル生闘争のなかで、国労調査室のスタッフである船井岩夫さんと知りあったことが、僕と国労とのかかわりを決定的なものとした。船井さんは、ある種の変人だったが、人たらしの名人でもあり、国労の内部の活動に携わるだけでなく、総評傘下の産別の調査担当者グループの主要メンバーでもあった。また国鉄の管理者層の一部にも顔がきき、情報を仕入れていた。国労の情勢分析や方針提起のかなりの部分は船井さんの手になっていた。

その船井さんのなかだちで、書記長の富塚三夫さんや、共産党に近い革同（革新同志会）派のトップ幹部でありながら富塚さんと盟友になっていた細井宗一さんと知り合い、親しくなった。船井さんは、僕が総評の宝田グループの一員として活動していたことで信頼したのだろう。図らずも、この浪人時代に、社会党では成田委員長、総評では、そのもっとも中軸となる国労の書記長でのちに総評の事務局長となる富塚さんというかたちで、いわば一九七〇年代の戦後革新のトップリーダーたちと、さまざまなかたちで話をする機会が得られたことになる。

船井さんの根廻しもあって、僕は国労本部のなかで二つの任務を富塚書記長から与えられた。一つは、国労労働学校の講師である。国労の労働学校は、マル生闘争に勝利した直後に、組合員の思想性を高めるという目的で設置されて、伊豆大川に専用の施設も設けられた。僕の担当は労働運動史ということで、国労東京二〇年史の仕事で得た知識をもとに、国労を軸とした日本の労働運動史を講義した。研修生からもいろいろな議論も聞けて楽しい時間を過ごすことができた。

もう一つは、国労の綱領委員会に外部委員として参加することだった。マル生以前の国労綱領は、戦後復興期のもので、「鉄道産業の復興」を軸としていた。それに対してマル生闘争勝利という新しい条件のもとでの新しい綱領をつくろうというのが、国労綱領委員会の目的だった。

一九七四年に最終的に決定された新綱領は国労内部からも、外部の研究者などからも、主要な労働組合組織のなかでは、もっとも「階級的」な内容をもっていると評価されるのがふつうだ。事実、国労新綱領の中心部には「労働者階級の解放」がうたわれていた。

僕はこれとは違い、人権を軸に世論の支持を得てマル生闘争に国労・動労が勝利したという経験を大切にする必要があると考え、富塚さんと細井さんの了解を得て、労働組合が住民などの要求を踏まえ、自ら進んで国鉄改革をはかる活動の基本を綱領のなかに盛り込むべきだと主張した。その主張は、「われわれは、国鉄経営の民主化をはかり、すべての国民の社会的権利としての交通を守り確立するために闘う」とする項目としていれられた。

一九七四年の国労大会では、新綱領が採択されたが、そのなかでもっとも多く論議の対象となったのはこの項目だった。異例のことだと思うが、新綱領を審議した一九七四年の国労水戸大会では、綱領を審議する小委員会で、執行部にかわり新綱領案を説明する役割も仰せつかった。ここでは、「国鉄経営の民主化」については、「職場闘争を否定するものだ」といった批判意見がかなりだされた。

反対派の中心は社会主義協会グループだった。しかし、ともかく、最終的には、国労新綱領はこの項目を含めて原案通り可決された。

スト権スト

反マル生闘争に勝利したあとの国労は意気軒昂で、公労協（公共企業体等労働組合協議会）傘下の諸組合とともに、つぎの課題としてスト権の奪還をかかげていた。一九七三年には、最初のスト権ストが行なわれ、オイルショック後の一九七四年には交運ゼネストも実施された。このときの総評と政府の折衝では、公共企業体等関係閣僚協議会のもとに、専門家懇談会を設置して、一九七五年秋をめどに、結論をだすことで合意をみた。公労協はその一九七五年秋に、無期限のスト権ストを構え、一挙に問題の解決をはかろうとした。その中心となったのはやはり国労だった。

国労の富塚書記長からスト権ストについてどう思うかを聞かれた僕は、第三帝政下のフランスの例をもちだし、一挙にことを構えるよりは、ストは公認されないが、実質的に黙認されている、という状態を維持した方がいいのではないか、という意見をあえて具申した。その状態は、政府・当局の側にとって都合が悪いので、政府・当局の側から何かの解決案を提示せざるを得なくなるだろうと考えたからだ。実際に国鉄当局や労働省では、「条件付きスト権付与」の意見が強まり、一九七五年春には、労働大臣がそうした内容を含む国会答弁まで行なっていた。しかし、高揚する富塚書記長は僕の意見にはまったく考慮を払わなかった。当時は三木武夫内閣で、富塚書記長は、同内閣の永井道雄・

文部大臣や自民党の労働族議員のボスである倉石忠雄衆議院議員などと接触し、ストの結果には自信をもっていたようだ。

スト権ストは一九七五年一一月二六日から一二月三日まで実施された。結果としては、このストは、スト権奪還という本来の目的ではまったく効果がなかった。スト初日にだされた専門懇の意見書は、スト権は経営形態の変更のなかで検討されるべきもので、現行の経営形態のもとではスト権は認められない、というものだった。三木首相もこの見解を確認した。史上空前の公労協統一ストは成果という点では全面敗北だった。ただ国労ではこのストで脱落者はまったくなかったから、一般組合員を含めての高揚はいぜんとして続いていたことになる。

生活闘争

成田論文を批判し、反戦青年委員会を実質的に解体した総評は、一九六九年の大会で、一九七〇年闘争を一九七〇年代闘争と改称したうえ、秋の評議員会では、一五大要求闘争という方針をうちだした。日米安保条約の自動延長を阻止するという、七〇年闘争の本来の目的だけでは運動がとうてい盛り上がらないので、当時、労働運動がかかげていた主要な要求を羅列して、運動の高揚をはかろうとしたものだった。総評は、一九六九年秋季闘争から一五大要求をかかげた。ここでは、安保条約反対、沖縄即時無条件返還といった政治課題とともに、一万円以上の賃上げ、最低賃金引上げ、労働時間短縮、社会保障の充実、減税、教育問題、被爆者援護など、国民生活のニーズを集約した諸要求が羅列されていた。一五大要求は戦後革新のかかげたスローガンのオンパレードだった。

この段階では、諸要求の羅列というにとどまったが、一九七〇年の『春闘白書』では、今日の貧困問題が社会保障、税制、物価を含む社会的諸制度とかかわっており、賃上げと社会的制度が春闘のなかで連関した二本柱として発展させられなければならない、というかたちで理論化されていた。この考え方は、一九七〇年の総評大会で新たに就任した大木正吾事務局長のもとで、生活闘争として方針化されたが、その内容は、新田俊三さんや僕も参加する宝田善さんの研究会の成果だったし、僕自身も生活闘争の考え方の普及にさまざまなかたちで参加した。

実は、社会主義協会グループは生活闘争方針にも反対だった。構造改革の場合と同じく、改良主義の臭いがする、というのが、その理由だった。最終的には、協会グループも「反独占生活闘争」と呼ぶことで、この方針は認めるということになる。生活闘争の方針は、一九七三年の年金統一ストや、オイルショックさなかの一九七四年の低所得者向けインフレ手当をめぐる政労交渉など、新しいタイプの労働運動の発展に道を開いたと思う。連合発足以降、春季生活闘争は、賃上げと政策制度闘争の二本柱になったが、そのなかにも生活闘争の考え方が生きていると思う。というより、連合結成に結実する労働戦線統一自体、生活闘争の発展としての政策制度闘争の展開によって促進されたものであるといってもいいかもしれない。

スト権闘争と生活闘争は、労働組合と政党との関係で、新しい、また難しい問題を提起していた。これまで、総評や各単産は政策課題が発生したときには、社会党のルートをつうじて、政府あるいは自民党と折衝していた。しかし、一九七四年のインフレ手当や年金の賃金スライドなどの政策課題では、総評が直接政府と折衝するというういわゆる政労方式が確立していた。スト権ストに際しては、ナショナルセンターとしての総評を超えて、公労協のリーダーが直接に、閣僚、あるいは与党幹部と折衝していた。やや極端にいえば、社会党は、これらの政策制度闘争で、主役を演ずるというよりは、応援団の地位に変化しつつあった。労働組合などが求める政策を政党の側で実現するためには、あらためて「政権」が課題とならざるをえなかった。

もう一つ一九六〇年代の後半から一九七〇年代にかけては、新しい要素が展開しつつあった。総評一五大要求に示されるように、反戦平和や社会的な課題は、大衆運動の面ではそれまでは総評が一手引き受けだった。一九六〇年代後半になると、実質的には総評とは距離をおく市民運動が大きな役割をはたすようになっていた。ベトナム戦争が始まった一九六五年にはべ平連が成立しているし、六〇年代後半からは、多くの地域で公害反対運動が住民運動として展開された。当時成田さんが社会党書記長として中心となって美濃部都知事を実現した選挙はこのような多様な、新しい要素を含む「戦後革新」を包摂できたからであることはすでにみた。社会党にしろ、総評にしろ、「組織統制」では動かないこうした新しい、一括していえば、市民型運動にどう向き合うかが問われるようになっていた。

2　「一歩前進・前向き」政権構想へ

まぼろしの河野謙三首班

前述のチェコ問題、国労新綱領に加えて生活闘争方針で、僕は、社会主義協会の主流派グループからは、「反協会分子」とみなされるようになり、僕自身も社会主義協会の活動からはまったく離脱することとなった。社会主義協会の本来の立場である労農派マルクス主義を放棄したつもりはまったくなかったが、もともと、僕は、福祉国家を実現していた北欧諸国の社民党、医療の国有化をすすめたイギリス労働党、労使共同決定を実現しつつあった西ドイツ社民党など、ヨーロッパの社会民主主義への関心が高かったこともあり、実質的には、社会民主主義としての立場をもつようになっていた。このことを自覚して書いたのが『国際労働運動』（日経新書）という、浪人時代の著作だった。

この間、僕はあいかわらず、成田委員長のゴーストライターをつとめていた。一九七〇年代の『月刊社会党』や『月刊総評』に掲載された成田論文の大部分の最初の草稿は僕が書いたものだ。むろん、成田委員長は大幅に手をいれて完成した。こうした経過のなかで成田委員長とはいろいろなことを論議した。

当時、社会党内では、全野党共闘路線論と江田さんを中心とした社公民路線の対立が大きな問題点となっていた。労働運動のなかからも、一九六八年に宝樹文彦全逓（全逓信労働組合）委員長が労働戦線統一を提唱する論文を発表した。それはその後の事態の発展を考えると、連合結成にいたるまでの労働運動のあり方に大きな役割を果たすことになるが、最初の時点では労働組合の統一が社会党と民社党の統一という政治面での効果を生むことが期待されていた。

成田委員長と、江田さんにかわって書記長となっていた石橋政嗣さんが推進するいわゆる全野党共闘路線は、当時の野党であった公明、民社、共産党を一丸として政権を樹立するという戦略と理解されていたが、成田委員長の考え方は、それにとどまっていなかった。既存の野党の連携という枠を超えて、大衆運動の面では新しい市民運動などと、また政治面では政権という方向性を考慮にいれて既存の野党を超える勢力との連携も含意するものだった。

政党間の関係とその考え方が具体化されるのが、オイルショックのあとの一九七四年の参議院選挙の前後のことであった。これ以前、長期にわたる佐藤内閣は退陣し、日本列島改造をかかげる田中角栄内閣が成立していた。田中内閣は、日中国交正常化も実現したが、一方でオイルショックと日本列島改造が重なった物価高が国民生活に打撃を与え、また小選挙区制の提案もあって国民の批判をあび、政権はゆらいでいた。のちには金権体質が暴露されて退陣することになる。こうしたさなかで行なわれた一九七四年の参議院選挙では社会党もかなり議席を回復し、公明、民社などが前進したこともあって、保革伯仲、ないしは与野党伯仲時代が実現していた。

この段階で、成田側近の石塚芳雄さんなどと協議して成田委員長にもちかけたのが、河野謙三首班論だった。その内容は、田中内閣を退陣させるためにも、野党だけでなく、自民党の一部勢力をもまきこんで、ともかく自民党にかわる政権を実現しようという考え方だった。河野氏は当時参議院議長だったが、参議院自民党内で、それまでボス的な支配をつづけていた重宗雄三氏と対立し、野党の協力を得て、参議院議長の座を獲得したという事情があった。この構想は、かつての髙野実総評事務局長の重光首班論が下敷きで、石塚さんと話をしていたときに河野という名前がでたのだと思う。雑談的ではあったが、成田委員長にこの構想を持ちかけたところ、それは面白い、といって賛意を示したが、本格的に推進しようということにはならなかった。たしかに参議院議員を首班にということには、形式的には問題はないものの、過去に先例がないこともあり、また当時の党内事情からいっても、正面からもちだすことは無理もあったと思う。というわけで、せっかくの河野首班論は、まぼろしのまま終わった。

戸籍を問わず

とはいえ、河野首班構想を提起したことは、その後の経過からいえば、重要な踏み台となった。つぎの機会は二年後の一九七六年にまわってきた。あとでみるように、この年には、僕は山形大学に就職していたが、八王子の自宅を拠点に、あいかわらず総評の宝田組や国労の調査部や労働学校とつきあい、また衆議院議員会館の成田委員長の部屋に出入りしていた。スト権ストの翌年であるこの年には、ロッキード事件の影響もあって、自民党内の混乱が続き、六月には河野洋平衆議院議員らが、自民党を離党して新自由クラブをつくっていた。

成田委員長の新構想は二回にわたって提起された。最初のものは、八月に提起されたもので、三木内閣に総辞職をもとめ、そのあとに、社会党を中心とする選挙管理内閣をつくる、という構想だった。この内閣で、民主的な選挙を実施し、その選挙で反自民党勢力が多数をとることを前提に、革新政権をつくる、というもので、「二段階政権構想」とも呼ばれた。この構想に熱心だったのは石橋書記長で、野党各党をまわり、支持を訴えた。

死に体となっていた三木首相は、内閣総辞職を行なうこともできず、解散権を行使することもできず、この年の衆議院議員の任期満了をもって、総選挙が行なわれた。この段階で選挙管理内閣構想は消滅したが、成田委員長は徳島談話というかたちで新しい構想を発表した。徳島談話は、石塚さんや僕が協議して原案をつくり、石橋書記長も了解した文書のかたちで発表したものだった。

徳島談話の内容は、選挙をつうじて自民党を過半数割れにおいこみ、ロッキード事件の徹底解明、経済危機の打開と国民生活の擁護、非同盟・平和・中立外交の三点で政策上の一致があれば、「戸籍を問わず」、新しい非自民党政権への参加を求める、というものだった。このうち、外交の点では、僕は、もっと柔軟な政策でいいのではないか、と主張したが、この点では、成田委員長は従来の社会党の路線にとどまった。ただ、のちの別の記者会見で、成田委員長は、日米安保条約について、外交上の手続きを経て解消を実現する、と述べ、国際関係の一定の継続性も保障した。このような新方針は「柔軟・大胆路線」と呼ばれ、つくられるべき政府は「一歩前進・前向き政権」とされた。

各党のうち、公明党は積極的な対応をし、共産党は当時かかげていた「よりまし」政権論で歓迎したが、民社党と新自由クラブは、否定的だった。総選挙の結果は、社会党は現状維持にとどまったが、都市部でブームをおこした新自由クラブと、公明党が大きく議席を伸ばし、自民党は、開票直後の時点では過半数に達しなかった。結果的には、無所属当選者を追加公認してようやく過半数を確保し、福田赳夫内閣が成立した。各党は首班指名選挙で自党の党首に投票した。

その後、社会党内では、協会・反協会の抗争が激化し、江田三郎さんが離党して社市連（社会市民連合）、のちの社民連が結成されたりして、一九七七年の参議院選挙で社会党は議席数を大きく減らした。成田委員長はその責任をとって辞職し、二年後に白血病で亡くなった。いわば社会党のトップリーダーと、ボランティアとして親密なかかわりをもって、戦後革新の一端を担うという僕の時代は終わった。

3　浪人生活

収入は多かったが……

すでに述べたように、僕は一九七〇年の四月からは社会党本部書記局員をやめて、いわゆる浪人生活に入った。現代風にカッコ良くいえば、フリーランスだ。肩書が必要な場合には労働評論家を名乗った。誰にもしばられないかわりに、定期収入のない生活であった。定期的な収入がまったくなかったわけではない。最初の三年ぐらいは前述の国労東京二〇年史編纂の仕事に毎月いくからの手当がでていたし、一九七一年からは武蔵野美術大学の短期大学部で経済学を教える非常勤講師手当も受けとっていた。この仕事は、社会主義協会所属の研究者の一人である加茂栓教授が専任教員として在職していた縁によるものだった。僕の授業の聴講生からは、男女各一人ずつ、社会党と自治労の書記局員が出た。

しかしこうした収入で、親子合計六人の生活と、僕自身の活動費を支えることはむろんできない。にもかかわらず、この浪人時代は、経済的な面だけをいえば、大学に席を得たその後の時代を含めて、もっとも恵まれた時期だったように思う。社会党在籍時代の末期には、抽選にあたって、八王子市の都営住宅に入居できることになった。都営住宅には一種と二種があり、高木家が獲得したのは低所得者用の二種で、家賃はとても安かった。社会党の低い給与水準のおかげだった。

ところが浪人して二年後の確定申告では、もはや二種の基準にあわないということで、都の住宅局から退去の勧告を受けてしまった。この勧告には、家をつくるなど、住宅の入手に費用がかかる場合には、低い利子で資金を貸してくれることも付記されていた。交通には不便だったが、都からの借入金と温存していた社会党の退職金などで、八王子市のなかで売りにだされていた崖地の土地を買い、まあまあ立派な山小屋風の家を造ってしまった。ボランティアで設計・管理してくれたのは、著名な建築家であった松崎徳さんだった。これなどは浪人時代の収入の高さを証明しているといえる。日本列島改造論で土地が大きく値上がりする直前のことだった。五〇年もたつが、いまでも娘夫婦の住宅として生きており、二人の孫もそこで育った。

なぜこのように収入が多かったかというと、その時代には、労働にかんする論稿を書けば、それなりに原稿料が得られた、という事情があった。なかでも「活躍」したのはいまでは廃刊となっている『月刊労働問題』だった。当時は部員でのちに編集長になる渡辺勉君はほんとうによく書かせてくれた。ペンネームを使用して、月に二本の原稿を書いたこともある。小さな本だが、僕の主著ともいうべき『春闘論』は『月刊労働問題』への何回かにわたる寄稿が下敷きになった。僕は字が下手くそで、ふつうの人には読めないこともある。渡辺君は、僕だけが高木さんの字が読める、といばっていた。ずっとのちのことであるが、渡辺君は、平原社という小さな出版社を設立して、ユニークな出版を続けた。そのなかには、三鷹寮以来の友人である山田陽一君の『日中労働組合交流史』という類書をみないものもある。

面白かったのは、『週刊朝日』編集部の人たちだった。誤解があるかもしれないが、本紙の記者で、反戦派とみなされた若手がいわば流刑になった島、といった印象だった。築地にあった旅館に集まって交換される情報はとても参考になった。そのなかには、べ平連が支援する米軍兵士の脱走経路といったきわどいものもあった。『週刊朝日』には自分が知る限りの社会党や総評の情報を提供し、その一部は記事になった。

また、『週刊朝日』としては異例なことだが、アメリカの経営学者セイモア・メルマンの『ペンタゴン・キャピタリズム』の主要部分を僕が抄訳して、掲載した。当時アメリカは、ベトナム戦争を遂行しつつ、宇宙開発にのりだし、月面着陸にも成功していた。メルマンはこうした事態を軍産複合体の利益をはかるものだとし、「宇宙の栄光と地上の貧困」を対比させていた。全訳は朝日新聞社から出版された。何人かの若い記者たちと知り合ったが、そのなかの佐藤公正さんは新聞にもどって教育を担当し、のちに論説委員となった。いまでも年賀状のつきあいがある。

『月刊労働問題』以上に掲載数の多いのは、これもいまは廃刊で、出版社自体が姿を消しているが、『労働経済旬報』だった。僕を担当してくれたのは庄司光郎さんで、その歌唱力は、玄人はだしだった。車が必要となると、庄司さんを動員した。『月刊総評』や『月刊社会党』への寄稿も少なくなかった。ただ寄稿論文に、労働問題を扱うという以上には、統一したテーマがあったわけではない。春の時期には春闘を論じたものが多かったのは当然として、それ以外では労働運動がもつべきテーマを片端からとりあげていたように思う。

講演や学習会の講師に呼ばれることも少なくなかった。むろんもっとも多かったのは国労の地方本部などであった。講演にいけば、必ず宴会があり、そのなかで期せずして現場の実態にふれることができる。僕は原則としてお酒は一滴も飲まないが、飲んだふりをして、組合員の話をきくのが好きだった。

山形大学に赴任

というわけで、収入にはこと欠かなかった。こうした労働評論家以外に、いわば本業である成田委員長とのつきあい、総評、国労などの研究会などがあり、また非常勤講師の仕事もあって、週に何回かは片道約一時間半をかけて、都心にでかけなければなかったから、引き受けてきた原稿の執筆は、家にいる時間の大半を占めることとなった。浪人してから四、五年もすぎると、収入はいいが、身体はたまらない、という状態になってきた。やはり、何か定職をもつのがいいのではないか、と考えるようになった。

そんなところに、総評調査部から埼玉大学の教授に転進していた中野一郎さんが思わぬ話をもってきた。中野さんは山形大学人文学部で社会政策の短期集中の非常勤講師をしていたが、その科目に専任の教員の紹介を頼まれたので、高木君を推薦したいがどうか、と聞いてきた。僕は、一も二もなくお願いします、と返事をした。推薦状は氏原正治郎先生と高梨昌先生に書いていただいた。まもなく、国際経済担当の中野広策教授らが東京にやってきて、「面接」試験を行なった。面接自体はあっという間に終わった。僕が、マスターコースも修了していないのに、大丈夫ですか、と聞くと、これだけの履歴、業績、推薦状があるのだから問題ない、ということだった。

教授会では多少の反対論があったらしい。本人から聞いたところでは、無党派の新左翼系であった木村武司助教授は、高木は社会民主主義者だから、スタッフに加えるべきでない、という趣旨の反対演説をしたそうだ。でも大勢は動かず、教授会で承認され、助教授として一九七六年四月から就任することとなった。担当は社会政策とゼミで、ほかに何年かに一度教養部で経済学を担当することになっていた。木村さんとは、その後、スタッフのなかで、もっとも親しい仲となり、山形地域のいろいろな活動に一緒に携わった。その木村さんが定年前に亡くなったのは僕の晩年にとって大きな打撃となった。

という事情で、僕の六年間にわたる浪人生活とは別れをつげることとなった。

第6章　民主的規制から国鉄・分割民営化へ

1　山形での活動

大学での生活、家族との生活

前述のように僕の担当科目は社会政策だったが、その内容は、実質的には半分は労使関係で、前期には、S&B・ウェッブの『労働組合運動史』にしたがって、共助、団体交渉による働くうえでのルールの形成、政治活動の三つの場面での労働組合の役割を中心に講義した。後期には、救貧法の歴史を概観したあと、労働組合の政治活動の発展としての労働関係立法と労働保険・社会保険などの社会保障分野の制度面の解説と批判を中心とした。この分野の議論の組み立てには、宝田研究会での生活闘争をめぐる論議が大いに役だった。ゼミでは自著の『国際労働運動』をテキストにグローバル経済の発展と国際労働運動、それに福祉国家の動向を課題としたことが多かった。

大学の責務としては、授業のほかに、教授会への出席とか、大学運営にあたる各種の委員会のうちの一つの委員になるなどのことがあったが、全体として大きな負担があるわけではなかった。のちに二年ほど、大学職組の学部支部長をやったが、これも年一、二回学部長交渉をして、施設の改善などを提言するだけのことだった。

全体として義務的な仕事は重くはなかった。要するに、国立大学教員の責務は、かなりの程度に研究にある、というのが、当時の文部省の建て前だったように思う。山形大学在籍中の途中からのことだが、社会政策は実験講座の資格があるということになり、研究費も比較的潤沢で、またときには科研費もついて、資料の整理を行なったり、僕の留守のとき研究室につめたりしてくれる女性にきてもらうぐらいの費用はでた。

授業のあいまには、同僚教員にさそわれて、けっこうスポーツもやった。春、秋はテニス、夏はプールで水泳、冬はスキーといった具合である。テニスもスキーも山形に行くまではかかわりがなかったが、どちらも先輩教員が手をとって教えてくれた。テニスはまったくモノにならなかったが、スキーの方は下手ながら、蔵王の通常のゲレンデなら、どこでもすべれる程度にまではなった。

困ったこともないわけではなかった。山形は冬寒く、夏暑い。山形の研究室で仕事をしているときに全国一の暑さを経験したことがあった。窓をあけると、体温より熱い四〇度前後の風がふきこんできた。あわててクーラーの設置を申し出たが、文部省の規定によりつけられない、と断られた。山形在住者には、寒冷地手当がでているほどで、熱いはずはない、という建て前になっているそうだ。官僚的思考とはこういうことかとよくわかった。結局クーラーは自分の研究費でつけるほかはなかった。もう一つはパスポートをめぐるトラブルである。ちょうど、その時期、東北大学の徳永重良教授を主査とする日独両国の労使関係についての共同研究がはじまっており、ドイツで共同研究会が行なわれることとなっていたので、旅券の発給を申請したところ、一回の渡航だけに有効な旅券しか発行手続きができない、といわれ、実際に何回かの渡航は一回ずつのパスポートを使った。

山形では家族六人が最初は借家に住んだが、それほどたたないうちに、先輩教員の紹介で新しく家を建てる人から、古家ながら、しっかりした家を購入した。費用は浪人時代の貯蓄と銀行からの借金でまかなった。その際には、八王子の家を設計してくれた松崎徳さんに設計を依頼して、台所兼居間、子ども部屋などを増改築した。今度は山小屋風にはならなかったが、耐震を含め、しっかりした家となり、僕自身も大きな書棚がある書斎をもつことができて、ご満悦だった。

家族生活も順調だった。休日に山形にいるときには、家族全員で、周辺の散策や蔵王のトレッキングらしきものを楽しんだ。春に一斉に咲くサクランボやリンゴの花や秋のブナの紅葉はそれこそ絶景で、世界遺産になっても不思議はないと思うほどだ。少し歩けば、こうした自然の恵みを享受できた。なんやかんやで子どもたちも育っていき、いずれもどこかの大学に入った。

ただやはり冬は苦手だった。寒さだけではない。一一月から三月頃までのあいだ、極端にいうと、晴れの日は一日もない。雪が降らないときにも、厚い灰色の雲が空に重苦しくたちこめる。僕はこれも四季のあり方の一つとしてわりきったが、東京出身の教員のなかには、メンタル面で影響を受ける人もあった。

悪七さんのこと

山形では県労評（山形県労働組合評議会の略称）によく出入りした。そのなかで知り合ったのが、悪七広吉さんだった。悪七さんは、全林野（全林野労働組合）の出身で、県労評最後の事務局長であり、連合山形の初代の事務局長だった。どういうわけか、知り合ってからすぐに、意気投合した。この意気投合はかなり本物だったらしく、四〇年たったいまでも続いている。

この意気投合は、公私両面で、僕の山形での活動を楽しく、また意義あるものとしてくれた。「私」の方からいうと、悪七さんは、全林野の出身だけに、山歩きの名人で、家族または同僚教員とともに、いろいろな山につれていってくれた。あるときは、伐採後の切り株を利用したナメコ栽培地につれていってくれたが、途中から先にいくよ、といって早足で登りはじめ、僕たちが迷わないように木にはりつけた赤い布切を目印に登っていくと、もう大きな鍋に、ナメコ汁ができあがっている、という具合だった。月山の夏スキーに連れていってもらったこともある。そのときは、山形に講演かなにかで来ていた新田俊三さんも一緒だった。帰りぎわ、僕は、上をみればいまにも大きな固まりが落ちそうな雪庇、下をみればまっすぐに谷底という難所で、たぶん恐怖で動けなくなった。悪七さんは、下で僕のスキーを支えてくれてやっと脱出した。このような悪七さんとの思い出は沢山ある。

「公」の面ではなんといっても、シンクタンクの設立だった。全国レベルでは、生活経済政策研究所の前身の平和経済計画会議があり、社会党や総評の政策面の活動に貢献していた。そうした研究機関を山形という地域でもやろうではないか、というのが僕の提案だった。一つのモデルは、新潟の地域フォーラムだった。これは、新潟県評や労働金庫のバックアップでつくられており、理事長は、旧知の諫山正新潟大学教授だった。そうした経験を踏まえて、県労評、社会党県本部などをバックに地域レベルの政策研究機関をつくろう、というのが僕の提案だった。実際の設立は、僕が日本女子大学に移ったあとのことになるが、悪七さんの動きは素早かった。県労評や社会党県本部の幹部を説得して承認を得るや、自ら社団法人としての設立準備にあたり、見ていて気の毒になるほどの書類を作成して、県の認可をとってしまった。

名称は、山形県経済社会研究所とした。これは、同盟のバックアップで経済企画庁の佐々木孝男さんをキャップにつくられていた経済社会研究会を意識した。同研究会は民間連合（全日本民間労働組合連合会）の発足とともに連合総研（連合総合生活問題研究所）として法人化される。つまり労働戦線統一の動きと山形のシンクタンクも連動できるようにしよう、というのが名称の狙いだった。理事長兼所長は大内秀明東北大学教授にお願いした。発足以降、毎年年末『山形県の社会経済二〇二〇年』といったタイトルの年報が刊行され、多くの研究論文が掲載されてきた。二〇二〇年版で三二冊目となった。

研究所は成立一〇年目の一九九七年に、いわばスポンサーを総評・社会党ブロックから連合山形に変えた。ただ産別レベルでは自治労山形県本部が重要な位置をもっていることには変わりなかった。

新しい体制のもとで、研究所の略称は「連合山形総研」と決められた。連合山形の会長が理事長、僕が所長となった。僕のあとは、木村武司さんと僕は決めていたが、早くに亡くなってしまって、僕が長く所長をつとめることとなった。三年まえからは、理事長兼所長ということで、長く山形大学教授をつとめた立松潔君が中心となっている。

これだけ長い時間、研究所が活動を継続しえたのには、たとえば春闘をめぐる情勢分析や連合山形の組合員教育への協力のような連合山形などとの緊密なかかわり、何人も交代したが、専務理事というかたちで実質的な専従者に適切な人材がえられたこと、たとえば『年報』に掲載される座談会にこれまでの労働運動の枠組みを超えて農協の役員などにも参加してもらい、そのことが吉村美栄子知事の当選のきっかけの一つになったことなど、いろいろあげることができる。しかし、なんといっても、最初の時点で悪七さんがしっかりした組織と財政基盤をつくっておいてくれたことが大きい。

研究所の研究会と雑誌をつうじて、僕は一つの提案を行なった。山形県の将来を考えると、人材の確保が不可欠である。しかし、優秀な人材が大学進学を通じて東京圏や仙台に移住してしまう。当時、山形県は、高校への競争的な助成金を支出していたが、その基準は東京大学と東北大学にどれだけの合格者をだしたか、ということであった。これでは山形の必要性からみると反対ではないか。そこで、僕は、労金が教育ローンを積極的に行ない、大学を卒業後、山形に帰って来た場合には、利子の一部を免除する制度をつくってはどうか、と提案した。これに反応してくれたのが、またもや悪七さんだった。悪七さんは連合山形の事務局長の任期終了後、山形県労働金庫の理事長になり、僕の提案をそのまま教育基金の設立というかたちで現実のものにしてしまった。しかもこの基金には、山形県と県内のすべての市町村を基金提供者というかたちで仲間にいれてしまった。いまは山形労金はなく東北労金というかたちになっているが、教育基金はなおさまざまなかたちで人材養成にかかわっている。

こうした山形での地域での活動やつきあいは、僕にとって大きな栄養になった。

2　民主的規制と「連帯」

「働き要求し闘う」

山形大学に就職した一九七六年といえば、僕は、社会党との関係では前述の成田委員長の「一歩前進・前向き政権」を内容とする「柔軟・大胆路線」に血道をあげていたが、労働組合の関係では、国労の「民主的規制」路線というかたちで、やはり「柔軟路線」への転換の試みに加わっていた。

こんなこともあり、僕は、じっさいのところ、週の半分は、東京で活動していた。当時はまだ山形新幹線はおろか、東北新幹線も完成しておらず、東京と山形を往復するのはなかなか大変で、特急列車を使ったり、夜行列車を使ったり、いろいろ工夫をしたものだった。雪の降る日、朝の会合に備えて夜行列車に乗り、目覚めて上野についたかと思ったら、まだ米沢駅に止まったままということもあった。山形・羽田間の航空便を使ったこともしばしばあったが、これも結構運休や遅れがあり、ある座談会で、恐縮にも氏原先生を六時間もお待たせしたことがあった。

スト権ストのあと国鉄の経営側が、これまでの原則として要員を維持しながら合理化をするという方針を転換して、要員そのものに切り込むかたちでの、要するに解雇を厭わない合理化方策、言ってみればスクラップ型の合理化政策を展開しはじめていた。国鉄財政の大幅な赤字補塡を強いられてきた政府もこれを支持した。国鉄の赤字は、国鉄労働者がまともに働かないことに原因があるという「たるみ」批判のキャンペーンも組織的に展開されるようになっていた。

マル生反対闘争やスト権闘争で意気があがる国労の活動家や一般組合員レベルでは、闘えば新しい合理化プランも粉砕できるという楽観論が強かったが、情勢が基本的に変わっていることを認識している中央本部の幹部の多くは、これまでとは異なる方針を提起しなければならないと考えるようになっていた。「民主的規制」という戦略的な方針は、こうした情勢に対応して生まれたものだった。

「民主的規制」という用語自体は、当時の共産党もよく使っていたが、僕が、スト権ストのあと細井宗一企画担当中執と船井さんなどにこの用語と内容を提起したときには、一九六〇年の社会党大会で江田三郎委員長代行による新方針案の趣旨説明のなかで使用された言葉を借用したものだった。

民主的規制の構想の内容は、国労を軸にして、国鉄利用者など、多様な市民勢力を結集して、その顕在的・潜在的にもっている要求を政策化して国鉄経営におしつけていく、真の公共サービスの供給体としての国鉄に変えていくというものであった。その意味では、国労新綱領をめぐる「経営参加」論の実際的な展開という性格をもっていた。

ただ二つの点が新綱領論議の時点とは異なっていた。まず、一つは、国鉄労働者の働き方について、労働組合側が積極的に関与する、という考え方と結びついていた。これは、細井中執が提起した「働き要求し闘う」という言葉で表現されていた。「働き」が先行していることに、この表現の意義があった。公共サービスの提供者として、自覚をもって働き、その働きをもとに、賃金の要求と闘いを展開する、という考え方であった。

ここでの問題は、よりよく働くことによって生ずるかもしれない人員の問題である。民主的規制の考え方は、公共サービスとしての交通の分野を、縮小するのではなく、拡大することによって生産性の上昇による人員の問題も解決していこう、というものであった。

もう一つの違いは、経営参加は、経営のなかでの労働者代表組織が経営に対する発言権を強化することを目的にしている。これに対して、民主的規制は、当該の労働組合を基軸とはするが、他の労働組合やさまざまな市民団体と提携することによって、交通という公共サービスの面から適切な社会システムを構築することを目的としていた。そうした人びとのニーズは地域で表現されるから、その活動は職場をでて、地域で展開されるべきものと、構想されていた。実際に、この時期には「国民の足を守る会」などのかたちで、こうした運動の芽生えが示されていた。

国労新潟大会

民主的規制の方針は、執行委員会の議を経て、一九七六年の国労新潟大会に提案された。ところがこの新潟大会では、この方針を事実上否決してしまった。反対派の中心は、ここでも社会主義協会だった。

協会系の代議員は、「この方針は、没階級的で、職場闘争を否定する考え方に立っている」「民主的規制は経営参加で、いまの国労には経営参加の力量はないから、いまは抵抗闘争で闘うべきだ」などと主張した。これらの意見は、たしかに、マル生反対闘争の勝利以降の国労の現場における高揚を反映していた側面があったが、当時、進行していた国鉄をめぐる政治情勢の変化にはまったく対応していなかった。

大会は、こうした主張に譲歩するかたちで、採決を回避し、一年間討議を続けて翌年の高知大会で最終的な決定を行なうと決めた。実際に、一年間にわたる論議が行なわれた。僕も、細井さんに頼まれて、解説用のパンフレットを書いたり、民主的規制支持派であった大井工場支部などにでかけて論議したりした。しかし、結局、高知大会では、反合理化方針のなかに「働く」という用語が加わったり、「国民の足を守る会」との連携など地域活動の強化がいれられたりと、「民主的規制」のなかでかかげられたいくつかのポイントは方針のなかに残ったが、戦略的な方針としての「民主的規制」は消滅してしまった。

後述のように、このすぐ後から臨調行革が始まり、国鉄の分割民営化が行なわれることになるが、その過程で、国労は分裂し、国鉄労働運動のなかでは少数派の地位に追い込まれることになる。むろん歴史に「if」は許されないが、それでもなおいいたいのだが、新潟大会で、民主的規制の戦略的方針が決まっていれば、国労の運命も、かなり違ったものになっていたと僕は想像する。

国労新潟大会については、個人的な思い出がある。この大会の傍聴に、東大経済学部で大河内先生のあとをついでいた兵藤釗助教授が来ていた。ゼミの四年上の先輩であり、著名な若手の労働問題研究者である兵藤さんとは、不思議なことにそれまで個人的には顔合わせをしたことがなく、これまた船井さんの紹介ではじめて知り合った。兵藤さんには、これ以降、さまざまな分野で教えを乞い、協力をいただき、またご迷惑をおかけすることになる。

自治研とのかかわり

民主的規制より少しあとの時期になるが、自治労とも、かなり深い付き合いができていた。当時自治労は毎年、自治研（地方自治研究）の全国集会を開いていた。自治研集会には大学教員らによる多数の助言者団が編成されており、それぞれの分科会で助言を行なうこととなっていた。この助言者団について、自治労本部は、一九七九年の宮崎大会を機に、大幅な入れ換えを行なった。その際に、新しい助言者の一人として僕も参加することになった。たぶん、その頃に自治労に影響をもっていた松尾均先生の推薦があったためだと思う。

助言者団の入れ換えを自治労本部が決意した理由を僕は知らない。しかし結果からみれば、明らかに自治研の中軸的な内容が変化するのと期を一にしていたように思う。それまでの自治研というのは、組合員の仕事内容を点検するのを主たる内容とする「職場自治研」が中心だった。新しい方針では、公務労働が地域における社会サービスの担い手としての立場をもっていることを軸に、地域の住民とともに、いかに良好な社会サービスの体系をつくっていくか、という「地域自治研」とよばれるものに展開しようとしていた。

自治研ではさまざまな調査が行なわれ、そのいくつかに僕も参加した。たとえば、学校給食だ。政府や自治体は、従来学校ごとに行なわれてきた給食の調理を、給食センターで一括して行なう方式を取り入れ始めていた。たしかに複数の学校を対象とする給食センターなら、材料の大量購入もできるし、要員も減らすこともでき、市場的価値からみたコストベネフィットはセンター方式の方がすぐれているといと主張できる。しかし、自校方式なら、その地域でとれる農産物を利用することで人と人のつながりもできるし、身近なところで食事作りや事後の廃材処理が行なわれれば、子どもたちへの教育効果も大きい。こうしたことは、国鉄の地方線とまったくおなじで、ソーシャルベネフィットを考慮して社会システムをつくるべきであり、そのもとで自らの働き方についても新しいあり方を提案し、実行すべきだ、という考え方につながる。

こうした動向を総括するものとして、「地域生活圏」という概念が松尾均先生から提起された。安定的な雇用機会、保険医療、保育、教育、介護などの社会サービス、良好な人と人のつながり、などが配置された重層的な生活圏を構想し、それをめざして活動する、というのがその趣旨だった。生活闘争論の発展として自治研をつうじて僕たちが推進したこの考え方は、自治労本部も了承して、運動方針の基軸として採用された。しかしその際、一九八〇年代前半の臨調行革が進展していた時期でもあったため、たんに「地域生活圏」闘争ではなく「行革・地域生活圏」闘争と命名された。

国労で結果的にまったく採用されなかった「民主的規制」とは異なって、自治労では「地域生活圏」という考え方は、ともかく方針として採用された。しかし運動としての実態化はやはり難しかった。たとえば、僕がかかわったものでいえば、地域における保育問題がある。フルタイムで働く既婚の女性の増加とともに、保育所の保育時間は延長され、そこにパートの保育士も配置されるようになった。僕の提案は、これらの保育士との身分差を解消するために短時間公務員制度をつくる運動をしたらどうか、というものだった。実は、ストックホルムの介護事業所を訪問したさい、約三〇人の労働者全員が、所長さえもが「パート」で、労働時間は異なるが、賃金の時間単価など、労働条件はすべて同じ「公務員」であるという実態をみて、触発された提案だった。しかし、この提案は、自治労の関係する評議会で歯牙にもかからず否定された。これは、地域における社会サービスの供給者としてどのような働き方をすべきか、本格的に検討するまでには至っていないことを示していた。

というような事情で、自治研をつうじて開発され、その開発に僕の貢献もあったはずの地域生活圏は、民主的規制とおなじように消えていく運命にあった。

労問研のこと

この時期の僕の活動として、もう一つ落したくないのは労問研(労働問題研究会)である。労問研という略称で活動した組織は二つある。一つは、一九六七年に宝樹提唱で労働戦線統一問題が表面化したのち、労働戦線統一を推進する産別の書記長クラスが集まって交流を深めた組織である。この組織は一九七〇年代後半まで水面下で活動を続けたとされる。むろん僕はこれとは関係がない。

僕がかかわったのはもう一つの労問研である。この組織をたちあげたのは、名目上は氏原正治郎先生、実質的には高梨昌先生だった。この研究会が発足したのは一九七五年で、高梨先生は、労働戦線統一の動きをにらみながら、労働組合のリーダーと研究者が交流を深める場をつくろうという構想をたてられた。労働組合側からは、山岸章全電通書記長、藁科満治電機労連書記長、山田精吾全繊同盟副会長の三人が積極的に協力した。この三人はまさに連合結成時のトロイカの三頭の馬となるリーダーたちであったことからも、この研究会の意義を示している。

労問研は、社団法人格を取得するとともに、『現代の労働』という季刊誌を発行した。その内容は、高梨、山岸、藁科の三人で基本をきめ、研究者、労働組合リーダーの双方からの論文が掲載された。この雑誌の編集や研究会の各種の実務にあたっていたのが田中尚輝君だった。田中君は僕より四歳年下だったが、中央大学の社青同のリーダーとして活躍していた時代から親しくしていた。労問研のあとは、NPOに転じ、介護系のNPOの中間組織の主要なリーダーとして活躍した。僕は、高梨先生や田中君との縁で労問研に出入りしているうちに、山岸さんや藁科さんと親しくなった。

労問研はそれほど長くつづいたわけではなく、一九八一年に休眠法人化した。その大きな理由は、やはり、山岸さん、藁科さんを中心に、より実践的な内容をもつ労働社会問題研究センターが発足したためであった。同盟の方からは、最初は全金同盟（全国金属産業労働組合同盟）の藤原巌委員長、のちには山田精吾氏が積極的な役割を果たした。センターは月刊で『社会労働評論』をだしていたが、その編集長は初岡さんがひっぱりだした森田実氏だった。労問研の方がもっぱら労働問題に集中していたのに対して、センターの方は、社会党改革を軸にした政治と労働とのいわば二兎を追うことに特徴があった。全電通がセンターの財政面にも全面的に協力していたこともあり、労問研の方にはなかなか手がまわらなくなったというのが、労問研が比較的短期で終了した理由だったといってよいだろう。

山岸・藁科・山田を軸とするセンターの二兎を追う作戦は、成功だったと思う。政策推進会議、全民労協、民間連合と進展していく民間労組の統一が促進されていくなかで、自治労、日教組など官公労を含めたリーダー層のゆるやかな結集とそれによる信頼感の醸成は、連合の成立のうえで欠かせない要素となったと思われる。社会党改革の方では、それほど直接的ではなかったが、のちに『新しい社会主義像の探求』として刊行された『社会労働評論』の大内力先生の連載は、社会党の「道」への全面的な批判を内容としており、後述の社会党の『新宣言』成立の重要な布石となった。

このように直接的な効果は労働社会問題研究センターの方が大きかった。とはいえ、労問研も、連合の成立には、大きな貢献をしたと思う。労問研は、休眠法人になる直前に、氏原先生の監修で『現代の労働組合主義』という三巻構成の講座を出版した。これは、僕の提案だったが、各巻ともに山岸さんと僕、藁科さんと新田俊三さん、山田さんと小林謙一法政大学教授といったかたちで、組合リーダーと研究者の双方から課題に接近するという試みを行ない、どの巻でも、労働組合主義とはいかなるものかを考察するという手法をとった。ここで論議されたことが、連合成立に向けて考え方の統一をはかるうえでの共通基盤をつくるという点で大きな貢献をしたことはまちがいがないと思う。

ワレサと会う

一九八〇年八月、ポーランドのグダニスク造船所の労働者が決起した。これを基盤に九月には、共産党の支配下をはなれた全国的な自主管理労組「連帯」が成立した。「プラハの春」とともに、ソ連・東欧体制崩壊の重要な序曲となった「連帯」の成立に、日本でもっとも敏感に反応したのは、総評の富塚事務局長だった。「連帯」成立の直後、ポーランド現地調査団を組織し、総評国際局のほか、大内秀明さん、新田俊三さん、それに僕もこの調査団に参加した。調査団は、いくつかの妨害はあったようだが、「連帯」本部のあるグダニスクを訪れ、トップリーダーのレフ・ワレサ（日本ではその後より正確な発音として、ヴァウェンサと表記されるようになった）とも会見し、「連帯」設立の意図や経過などを詳細に聞き、富塚事務局長は、ワレサを日本に招待する、という意向を伝えた。

この招待は一年後に実現し、ワレサは、日本のさまざまな労働組合と交流し、また各種の工場見学などを行ない、大きな社会的関心をよびおこした。東欧の民主化ののち、ワレサはポーランドの大統領に選出された。

総評とポーランド「連帯」との交流は、別の効果をもった。当然のことながら、国際自由労連（国際自由労働組合総連合）は、「連帯」に積極的な支援を試みていたが、その支援体制の一翼に総評が入ることとなった。その結果、総評と国際自由労連とのあいだには良好な関係が生じた。最終的に総評の国際自由労連加盟が公式にみとめられるのは総評解散後のことであるが、総評もまた国際自由労連に加入するという方針をうちたてることになり、それはそれで労働戦線統一に重要な意義をもつことになるのであるが、その出発点は、僕も参加した富塚代表団のポーランド訪問にあった。

3　国鉄分割民営化

二つの委員会

一九八一年三月、いわゆる第二臨調がはじまった。臨調の目的は行政改革全般にあったが、結果からみてその中心は、国鉄、電電、専売の三つの公社の民営化にあった。国鉄マル生の場合と異なって、この改革には周到な準備が行なわれた。周到な準備の一つは、国鉄を中心にした、いわゆるヤミカラ攻撃だった。国鉄のなかでは、職場ごとにヤミ手当、ヤミ協定、カラ出張、ポカ休などが横行している、という宣伝だった。臨調では独自の調査が行なわれ、一九八一年一一月以降には、読売新聞をはじめ、マスメディアもその宣伝に大きな役割をになった。民主的規制の段階で恐れていたことが現実の、しかもより切迫した課題としてあらわれることとなった。

ここでは二つのことが同時に課題となっていた。一つは、臨調が提起しようとしている分割民営化に対抗して、公共交通の担い手としての国鉄をどのようにまもるか、という政策面での課題であった。もう一つは、これまでの国労運動のなかで現れた欠陥をみずから克服し、国労にたいする社会的な評価を再確立するという課題であった。

企画部長の秋山謙祐さんや船井さんから、どのように対処するべきかという相談をうけた。秋山企画部長は、若いリーダーだったが、柔軟かつ適切に状況判断ができる能力をもっていたと思う。僕は、いろいろ考えたすえ、どちらの問題についても、社会がどのように評価するかが最大のポイントであるとすれば、社会的な評価にたえうる案を、研究者など外部の人びとによって構成される組織でつくり、国労側に異論があってもそれをうけいれる、という手法がもっとも適切だという結論に達し、秋山さんや船井さんも同意した。

この場合、とくに二つ目の課題を考慮すると、国労のなかには、さまざまな運動潮流があるので、少なくとも、その主要なグループが納得して、一丸となってことにあたれるような答案を準備することが必要となる。僕としては、二つの課題を同時に扱う一つの委員会を設置して対処することができれば最善だと考えた。僕の頭のなかでは、名目はともかくも、実質的には、高梨昌教授と兵藤釗教授の二人をキャップとする一つの委員会を設置して、この委員会で、二つの課題について論議し、プランを描いてもらうという案ができあがった。

秋山企画部長らの了解をえたうえで、僕はまず、高梨先生に意向を打診した。高梨先生は、その場で、僕のプランに反対した。「兵藤君と一緒にやることはできない」というのがその理由であった。

僕はそうしたこともあろうか、と想定していたから、いったん持ち帰ったうえ、国労側の了解を得て、二つの課題について、それぞれ別個に回答を示すための二つの委員会を設置するという案に切り換えた。経営形態を論議する委員会と、労働組合のあり方を論議する委員会との二つで、実質的なキャップは前者が高梨教授、後者が兵藤教授ということで、出発することとなった。僕はどちらの委員会にも委員として参加した。

二つの委員会は性格がかなり異なっていた。高梨委員会の方は、大河内一男先生など、知名度の高い人びとを委員として迎え、委員会もよく知られたホテルで行なって、マスメディアなどの注目を集めることにエネルギーが注がれたが、作業の実質はすべて高梨先生が、経営の専門家などの支援を得て、机の上で行なっていた。

兵藤委員会の方は、労働問題の第一線の研究者八人が参加していた。この八人のなかには、共産党・革同グループとか、向坂協会とか、太田派協会といった国労のなかの主要な派閥と関係の深い研究者が配置されていた。最終的な報告に異論がでないようにする、という配慮からだった。

兵藤委員会の方は徹底的に現場調査をやった。とくに、マスメディアに名前が登場した職場については改めて聴き取り調査を行なった。それをもとにして、報告書がつくられた。最終的な調整は、兵藤さんと、熊沢誠甲南大教授と、僕の三人で行なった。三人はホテルに泊まり込み、議論につかれた夜中には、まだ営業をつづけているラーメン屋をさがして、新宿をさまよったこともあった。議論のなかには、直接には国労にかかわらないテーマもあった。兵藤さんと熊沢さんとのあいだでは、社会主義になったときに労働組合は存在するか、しないか、が論議された。兵藤さんは存在する必要がない、熊沢さんは雇用労働という形態があるかぎり、政治形態がどのようになっても労働組合は必要だ、と主張した。僕はどちらかといえば熊沢さん寄りだった。熊沢さんと僕のあいだでは、平等についての論議がおきた。熊沢さんは、労働組合がめざすべきものは、「結果の平等」だと主張し、僕は真の意味での「機会の平等」だと主張した。兵藤さんは、どちらにも軍配をあげなかった。

二つの委員会報告の内容

こんな経過を経て、約二年後の一九八四年七月、ほぼ同時に二つの委員会報告がまとまった。

高梨委員会の報告の結論は、分割抜きの民営化の提案を国労がうちだすべきだ、という内容だった。民営化して、企業的経営を行なった場合の人員についても計算されていた。現時点の人員をどうしても守るというのではなく、希望退職募集などで一定の人員減も認める、という内容を含んでいた。

実はこれに近い考え方は、国鉄の経営側ももっていた。経営側が一九八五年一月にだした基本方策は、非分割・民営化で、少なくとも結果的には国鉄労使がある程度一致するような仕組みを高梨報告は考えていたのかもしれない。想像を交えていえば、高梨先生は広い人脈をもっていたから、国鉄当局側とも気脈をつうじて報告書を作成されたのかもしれない。これもあくまで想像であるが、高梨報告は、国労に対し、労使協調で政治的圧力をかわして将来にそなえた方がよい、とのメッセージを含んでいたと思われる。そうした想像を含めて、僕は高梨報告に賛成した。

非分割・民営化には前例もあった。電電公社のケースである。僕はある雑誌の依頼をうけて、当時、全電通の委員長だった山岸章さんに分割民営化についてのインタビューをした。そのときには、山岸委員長は、分割民営化反対の総評五〇〇〇万人署名などに懸命に取り組んでいる、などと述べた。しかしその一週間後には、非分割の民営化に方針を転換し、少なくともその時点では全国一社体制の民営化をあっという間に実現してしまった。僕がインタビューしたときには、すでに山岸委員長の決断はすんでおり、僕は労問研以来のつきあいの山岸さんにだまされたことになるが、だまされたことに怒るよりも、その見事なリーダーシップに感心するほかはなかった。この決断で、全電通は組合としてまったく傷がつかず、一九八五年の民営化以降は民間労働組合となり、一九八九年に連合が発足したときには、まさに民間労組の枠で、山岸さんは、連合の初代会長に就任することにもなる。

国鉄の場合には、事情が違い、中曽根康弘首相はスト権スト以来の国労をつぶすことが、社会党を弱体化させ、ひいては自民党の敵となる戦後革新の中軸をつぶす、という戦略をもっていたと想定されるから、実質的に労使協調して分割なき民営化にもっていくことは困難であったろう。事実、分割なき民営化を推進してきた国鉄の経営トップは更迭されて、政府に忠実な分割民営化路線に固まってしまう。それにしても、高梨報告のようなわが身を削ることも含めての路線を国労がとれば、ここでも歴史にifをいわせてもらえば、世論や自民党にかなりの影響を与えたと思う。

一方、兵藤委員会報告の趣旨は、熊沢さんが国労の分会活動の項で明確に書いたように、階級闘争路線の名のもとに「より少ない労働・より高い賃金」を求めるという指向性から、国民のための国鉄の労働の担い手として、みずからの労働をみずから律する立場に変えていかなければならない、というものだった。僕からいわせれば、民主的規制が明確に方針化されていれば、あらためて議論する必要もないほどの内容だった。

国労の崩壊

二つの報告に共通するものは、国労にたいする愛情だったといってよい。国労側のリーダーにどこまで危機意識があったかは僕にもわからないが、両報告ともに、分割民営化の推進が、同時に国労の危機と直結しており、その危機を打開するのに何が必要かを提起していた。

両報告は、ほぼ同じ時期に、国労執行部に提出された。しかし、二つの報告はともに、武藤久委員長によって受け取りを拒否されてしまった。実際には、この二つをめぐっては、国労本部の執行委員会で論議されたことがあるということだから、受けとられなかったわけではない。受けとらない、という形式をとることによって、いわば国労執行部としては存在しないものとみなす、ということであったと思う。受けとらない理由は、事態の発展のなかで、この報告の提出が遅すぎ、時宜を逸したものとなってしまった、ということであった。

遅いかどうかの判断は別として、結果からみて、委員会報告の提出は、国労の新方針への転換の最後のタイミングだったように思う。これ以降は、事態は、国労にとって悪くなるばかりであった。国鉄再建監理委員会が分割民営化の最終報告を提出し、国鉄当局は、余剰人員と称する人たちを集める人活センターをつくり、国労との雇用安定協定を破棄して、組合員に雇用不安が広がった。革マル支配といわれた動労は、それまでの方針を転換して、労使安定宣言を含む当局の方針をすべて認めるようになった。いいか悪いかは別として、組合員の雇用と労働組合としての組織を守る、という一線での判断だと考えられた。当局は動労との雇用安定協定を継続した。国労からの脱退者も増え、職能ごとに新しい組合もつくられはじめた。

どうすればよいか。困ったときの清水さんだよりで、当時はまだ健在だった清水慎三さんのところに相談に行った。清水さんの答えは、「国労は一戦交えて、死に花を咲かせて終わるだろう」という、比較的冷静というか、かなり冷たい反応だった。

実際のプロセスは「死に花」も咲かないものだった。しだいに追いつめられた国労は、政治状況にたよるほかはなくなったが、それも一九八六年の衆参同日選挙で自民党が大勝し、国鉄分割民営化法案はあっさり成立してしまった。この段階で、山崎俊一委員長ら執行部は方針転換を行ない、分割民営化を実質的に認め、争議などを制約する平和協定も締結するかわり、雇用安定協定を締結するという、雇用と組織重視の方針にきりかえようとした。しかし一九九六年一〇月の国労修善寺大会では、この執行部案は大差で敗れ、賛成派は新たな組織をつくって分裂した。僕は、新方針が否決された大きな理由は、伝統的には組織を守ることに力を注ぐ共産党支持グループが反対にまわったことにあると想像している。そのまた背景には共産党が統一労組懇を基盤に別個のナショナルセンターをつくろうとする動きがあったことが影響していると僕は想定している。

戦後革新の中核とみなされてきた国労との付き合いはこれで終わった。厳密にいえば、多少のかかわりがなかったわけではない。余剰人員を受け入れた国鉄清算事業団が解散するさい、再就職できない人びとをどうするか、という問題が発生したとき、高梨先生はワンタッチ方式、つまり一日だけ民営化した鉄道会社に復帰したかたちにして、再就職をあっせんするという、国労の大義名文にも配慮する案を考案した。ちょうどそのとき、細川内閣の運輸大臣を伊藤茂さんがつとめていたので、僕は高梨さんの走狗になって連係をやった、といったことはあった。もっともこれは、うまくいかなかった。また、ある程度国労組合員をひきついだＪＲ連合では調査をさせてもらったこともある。しかし、それらはもうエピソード以上のものではない。

第7章　社会党『新宣言』

1　『新宣言』の原案を書く

日本女子大学への移籍

僕は、一九八四年四月、山形大学から日本女子大学に移った。松尾均先生の退職にともなう人事で同先生の勧誘によるものだった。当時の日本女子大学家政学部家政経済学科には、倉野精三教授、広田寿子教授など、労働問題の権威がいて、とても魅力的な職場だったので、山形大学の同僚教授たちの了解をえて、移ることを決めた。

魅力的だったのは、松尾先生の授業負担などのお申し出が軽かったことにもよる。先生の言い分では、経済原論と社会政策の二科目の授業を行ない、三・四年のゼミ、あわせて四コマを担当すればよく、いろいろな活動で多少の休講があってても目をつぶるというものだった。これなら、いろいろな活動をしている僕にとっては、非常に親切なお申し出だと思い、積極的にお願いすることにした。実際に移ってみると、研究室も広く立派で、同僚の教員たちも親切で、とても住みやすく、また研究などを進めるうえでもいい環境だった。

もっとも、山形大学から日本女子大学への移籍を聞きつけた明治大学の栗田健教授は、「なんでそんな給与の低いところへいくんだ」などと冷やかしたが、実際にはそれほど給与水準は低くはなかったように思う。ただ、松尾先生の縁と保証にもかかわらず、大学の仕事の負担は思ったほど軽いものではなかった。入試や学科の管理などの大学業務もあったし、年を経るにしたがって大学院が設置されるなどのこともあり、一番多いときには、授業だけでも週八コマを数えるまでになった。

当時、僕の子どもたちは進学時期にもあたっており、家族には山形での生活が気に入っていたこともあって、僕は単身で東京にアパートを借り、一人暮らしをし、週一回山形に帰るという暮らしをすることにした。このような生活は、その後、何十年も続くことになる。もっとも、山形と東京との行き来は、これまでと逆になっただけの話でもあった。

大学の近くに借りたアパートで最初のころは、エコロジストの気持ちもあって、クーラーなどはつけないということで暮らし始めたが、暑さ寒さというより自動車など東京の騒音に耐えるにはエアコン生活に頼らざるをえなくなった。

学生たちは、ときには授業中に堂々とコンパクトをだして化粧なおしなどをするものもいたが、一般にはともかく聴講だけは熱心だったように思う。ゼミでは、毎年違ったテキストを使った。マルクスの『経済学・哲学草稿』を使ったこともあるが、結構いろいろな議論ができた記憶がある。比較的に人気があったのは、J・K・ガルブレイスの『経済学の歴史』だったようだ。

中期社会経済政策をめぐる混迷

日本女子大学に移ってまもなく、僕の新しい研究室に社会党の曽我祐次副書記長が訪ねてきた。社会党では、一九八三年の大会で飛鳥田委員長が退任し、石橋政嗣委員長、田辺誠書記長の体制となっていた。田辺さんは、社会党の新しい綱領的文書をつくる委員会の委員長も兼ねていた。その年までは、一九六六年に採択された「日本における社会主義への道」が綱領的文書とされていたが、大内力先生の指摘を待つまでもなく、時代に合わなくなっていたというだけでなく、社会党のあり方を世間に間違って示すという側面ももっていた。曽我さんは、僕に、田辺書記長の意を受けたとして、社会党の『新宣言』の草稿を作成してほしいという依頼を行なった。当時の僕には、ちょっと多すぎるのではないか、と思うような準備のための費用ももってきた。

実は、ひそかにこういうことがあるのではないかと思っていたので、すぐに「どこまで役に立つかわかりませんが、やってみましょう」と答えた。この日以降、かつては社青同をめぐって対立というか、けんか状態というか、ともかく緊張関係をはらんだ間柄だった曽我さんと僕は、二人三脚で『新宣言』をやることとなった。むろん僕は裏の人間で、表は田辺書記長と曽我副書記長だった。

ただ、社会党の『新宣言』の草稿を書くにいたるまでに、実は、ひとつの段階があった。社会党は、

『新宣言』以前に、戦略的な政策の見直しを行なおうとしていた。これは、前の大会で新しく政策審議会長に選出されていた嶋崎譲さんが新しい政策構想でやりたいという意向で、その内容を平和経済計画会議に依頼していた。平和経済計画会議では富塚文太郎東京経済大学教授を委員長とする委員会を発足させて対応した。僕は、この委員会の主要メンバーとして加わった。この政策の見直しは、実は、『新宣言』の策定と並行するものと考えられていた。

新しい戦略的な政策の名称は、「社会経済政策」にしようということになった。この名称について提案したのは、富塚さんだったと思う。内容については、連日、夜遅くまで討議が重ねられた。社会党側からは、政策担当中執の船橋成幸さんが出ていて、論議につきあってくれた。論議が夜遅くまでになったときには、船橋さんが夜食を探しにいくようなことまであった。

社会経済政策の立案においては、従来の社会主義政権の政策という視点ではなく、社会党が軸とはなるが、さまざまな政党からなる連合政権が担当するものとして構想された。連合政権論は、『新宣言』のポイントの一つだったが、中期政策の策定ではそれを先取りすることとなる。

また、政策の参考として、もっとも重視されたのは、福祉国家のあり方だった。その意味では、基本的には日本における社会民主主義の政策のあり方が論議されたことになる。ただ、当時、盛んに議論されるようになっていた福祉社会論などについても考慮された。大きな影響を与えたのは、大内力先生によるエタティズム批判だった。いいかえれば、国家が市場にとってかわるという従来の考え方については否定され、市場の自由と公共政策のかかわり方が活発に論議された。こうした枠組みを想定して、平和経済計画会議に素案の策定を依頼した嶋崎さんには先見の明があったと思う。

結果的に、この政策の経済活動の部分では、企業、政府、社会連帯部門の三つの主体がどのようにかかわるかを基軸とすることになった。いってみれば、自助、共助、公助のかかわり方であった。企業と政府のあいだにたって、基本的には、公助の裏付けをもちつつ、人びとの共助の精神によって形成される非営利の社会連帯部門を一つの軸として考えようというものであった。社会連帯部門という名称は、富塚さんの提案だったように思う。

全体としていえば、経済を市場、国家、社会連帯部門の三つの部門の相互の関係として描くことを基本としていた。この考え方は、僕自身が整理したが、そこには、岩田昌征千葉大学教授の『現代社会主義の新地平』の影響がかなりあったかもしれない。成長論についても、たんなる経済成長ではなく、雇用・就業、福祉社会、社会的共通資本を内容とする社会的成長を基軸とするという考え方が示された。

こうした考え方にもとづく社会経済政策は、僕の構想では『新宣言』の前提条件となるはずであった。実際に、あとから考えてみれば、この考え方のなかには一九九〇年代のイギリス労働党のブレア政権による「第三の道」に含まれることになる考え方と共通する部分もあり、その意味で、先駆的な内容になるはずだった。

しかし、実際には、そうした議論にいきつかないうちに、この政策プランをめぐる論議は別の方向にいってしまった。というのは、このプランのなかに、原子力発電について新設は認めないが、既存の原発は安全性を前提にエネルギー分野で一定の位置を認めるとしていたことが大きな反発をまねいた。また、農業部門について、米の一定の市場化を推進するとしていたことに、従来の食糧管理制度の堅持という見地からの反発も大きかった。結局のところ、経済活動を三部門編成で構成するという構想への論議は発展させられないまま、党大会では修正可決された。

もっとも、論議が横道にそれてしまったのには、いまだから告白するが、僕自身にも責任があった。この作業をやっていたのは、日本女子大学近くのアパートだったが、その狭いアパートに朝日新聞の記者が何度も訪ねてきた。優秀な記者で、僕の参考になる意見も言ってくれた。というわけで親しくなって、つい、完成まぎわの中期政策の写しをとることを認めてしまった。その記事が朝日新聞の一面に、「社会党は既設原発を容認」という趣旨の見出しで掲載された。どちらかといえば、マスメディアに弱い党内の論議は結果的にここに集中してしまい、本筋の三部門編成の経済システムで市場万能主義に対抗するという趣旨の論議の掘り下げにはまったくいきつかなかった。

原発のあり方については、党内だけではなく、党外の反原発運動からの反発もあった。そのために、仲井富さんが仲介して僕と原発反対グループとの話し合いも行なわれた。僕が既設原発の容認は現在の生活水準のさしあたっての維持に不可欠だと主張したのに対して、反対グループは原発をなくすためには生活水準が低下してもやむをえない、と反論して、結局この話し合いでは有益な結論がでなかった。

このような三部門編成を軸とする中期政策にかんする基本路線を発展させられれば、『新宣言』もより内容が深く、かつ党内外への浸透もより深いものになったかもしれない。

『新宣言』の原案

話は『新宣言』に戻る。原案の執筆を求められた僕は、これまでの社会党の綱領的文書と一変した構成と内容をもつように工夫をこらした。そのような僕の原案をもとにして、一九八五年三月以降、社会党では綱領等基本問題検討委員会のなかに設置された田辺書記長を小委員長とする作業小委員会で検討が続けられた。

僕の原案の大きな特徴は、構成の面だった。最終的に採択された『新宣言』の目次が示すように、「めざす、人間解放のために」「みつめる、今日の社会」「かえる、運動と改革の道すじ」「つくる、主体と連合」の四つの項目で構成されるようにした。

僕の『新宣言』の草案では、最初の項目に、「めざす」を配置して、現実の人びとの願望をもとに何をめざすかを明らかにしていた。従来の綱領的文書は、「科学」の名において、資本主義の本質的欠陥や情勢分析の説明から始まっていたのに対して、僕の原案ではまず「願望」をもってきた。そのうえで、現実社会の状況を簡潔に示す「みつめる」、改革の主体などを示す「かえる」という項目が続いた。いわば、改革の実現の条件と主体を明らかにしたものであった。そして最後に「つくる」を配置した。そこにかかげられた項目は、反戦、人権、民主、人間的労働、平等、生活の質、環境など、憲法の理念と一体化されたもので、まさに戦後革新がさまざまなかたちで求めてきたものだった。そこでは「多様な国民」の運動が重視され、それをすすめる社会党は、僕の原案では、「国民政党」であると規定していた。この政党は、目的がある程度に一致するかぎり、どのような政党とでも「連合政権」を組織して、一歩でも目標に近づくことを求めていた。結びは、社会党の色をブルーとし、「この宣言に、人類の未来と国民の幸せがこめられている」という美文で結ばれた。

要するに、社会主義はいつか来る日に実現されるべき、プロレタリア独裁や市場を廃絶した国有化などではなく、日常の改革そのものであり、それを通じて新しい社会システムを実現することであることが明記されていた。経済・社会システムの面では、市場経済を全面的に否定するのではなく、失業や公害をもたらさないような規制と誘導的な経済政策を展開するとともに、生協やボランティアなどの連帯的な活動を重視するとしていた。この点は、前述の社会経済政策の考え方をそのまま継承していた。

繰り返すことになるが、僕が書いた原案のポイントは、社会主義の内容を、「川の向こう側の世界」ではなく、現実の世界のなかでの一歩一歩の前進としたことだ。つまり、社会主義を武力革命はむろんのこと、ある瞬間の「平和革命」でもなく、日常の営為そのもののなかにある、としたことだった。したがって、『新宣言』の原案は、改良主義とよばれるものの体系化であったといっても差し支えない。

このような改革を実現するための党が、前述の「国民政党」であり、またそれが参加する政権は、さまざまな政党によって構成される「連合政権」であり、いまや連合政権は国際的にみても「ふつうのこと」であると規定した。ここでの連合政権の内容は、従来の社公民や全野党とかの論議をこえて、西ドイツ流の大連立や小連立も想定していた。『新宣言』の草案のなかでは、他党とも連携する「連合政権」という用語が使用され、社会党が多数派でなければならないことはあえて明記していなかった。「国民政党」としたのは、社会主義をすすめる主体が、労働者「階級」だけでなく、多様な「国民」であるという論理の必然的な結果であった。

2 『新宣言』をめぐる論議

作業委員会

作業小委員会は、僕の原案について、構成、内容、用語法ともに大筋では了解したが、各種の会議をつうじていろいろな修正が加えられた。実はこれらの修正をめぐる論議は僕のワープロにすべて記録されていたが、当時使用されていた記録媒体としての八インチフロッピーは、器具の変化とともにまもなく五インチフロッピーや三・五インチフロッピーに変わり、さらにUSBに変わり、媒体を移す能力が僕にはなく、再現できなくなった。結局、僕が定年退職するさい、修正過程を記録していた八インチフロッピーは、泣く泣く処分してしまった。あとで考えてみれば、早い時期に国会図書館などに寄託するという方法もあったが、すべてはあとの祭だった。というわけで、修正の過程は記憶の限りで書き残すほかはない。

まず、「めざす」以下、全部で四つの項目については、僕の原案ではサブタイトルはついていなかったが、たとえば、「人間解放のために」といった副題がつけられた。僕はそうした副題がないほうが新しい構成をはっきり示していると思って、あえてつけていなかったが、内容が正確であるかぎり、別に反対する理由もなく了解した。

面白かったのは『新宣言』全体を示すサブタイトル、つまり「愛と知と力による創造」をめぐる論議だった。実はこれを提案したのは、名前は忘れたが、若い書記局のスタッフだった。最初は「創造」ではなく、「パフォーマンス」だった。僕は「パフォーマンス」について、実行とか功績とかいった英和辞書の知識はもっていたが、こんなところに使用されるとは思ってもみなかったので、どんな意味かそのスタッフに質問した。その答えは個人やグループで歌や踊りをやってみんなにみせるという内容を示している、というものだった。端的にいえば、歌手やダンサーが観衆にみせる行為のことだという。僕は『新宣言』の考え方、とりわけ社会党がやろうしていることがこの意味での「パフォーマンス」とするのも面白いと思って賛成したが、委員会の多数はそこまでは行きすぎだという意見で、「創造」という用語に落ちついた。

最後の美文についても修正が加えられた。原案では、社会党の色を「澄んだブルー」だけにしていた。このブルーは、東大の応援旗から思いついたものだった。この色は『新宣言』に残されただけではなく、連合のリーダーたちが知ってか知らずか、労働戦線の結果つくられる連合の旗の色にもつながる。ただし、連合のほうは「澄んだブルー」ではなく、色の濃いブルーだ。それはともかく、これも若い書記局のスタッフが提案し、みんなが賛成して「深紅のバラ」が付け加わって二色となった。

バラ色は、従来の社会党の旗の色である赤を引き継ぐようでもあり、しかし逆にまったく新しく、男女平等運動の象徴である「パンとバラ」をイメージするようでもあり、僕としては何ともいえなかったが、委員会ではこの意見が採用された。

バラにかんしていえば、僕の原案に対する重要な修正のひとつは、これからの社会について、「男女がともに担う社会」という表現を加えることだった。これはまったく正しい修正だった。というより、この項目が欠如していたのは僕の原案の大きなミスだった。

もっとも大きな修正だといっていいのは、「国民政党」としていた部分を「国民の党」と変更した点だった。これも結果からみれば、より積極的な修正だったと思う。なぜなら、「国民政党」といってしまうと、かならずその反対に「階級政党」という名称がうかび、古い対立の再燃になるだけの可能性があるが、「国民の党」とすれば、改革に積極的な、あるいは賛成するすべての人に開かれた党であることを示すからである。よくばっていえば、「国民の党」よりは「市民の党」のほうが、より明確に意図を示したかもしれない。これは後述のニューウェーブの討論のさいにも誰かからだされた意見でもあった。しかし、逆に誤解をまねく可能性があったかもしれないので、「国民の党」でよかったと思う。

『新宣言』の可決とその運命

『新宣言』のこの原案をめぐっては、党内のいろいろな場所で論議をされ、さまざまな議論がでた。

僕が出席した国会議員の懇談会の場でも、いろいろな意見がでたが、とくに記憶に残っているものは、横路孝弘衆議院議員がだしたもので、基本的には『新宣言』案に賛成したうえで、「この宣言は基本的に現代の社会民主主義の考え方をはっきり示している。でも、社会民主主義という用語が使われていないのはなぜか」という質問だった。あとのことを考えれば、たしかに、どこかで「現代の社会民主主義」という規定をいれたほうがよかったかもしれない。しかし、余計なノミナリズム論争を避けるために、あえて使っていないと答えたと思う。

『新宣言』は残念ながら、悲劇的な運命をたどった。まず、この年末に行なわれた社会党大会では、社会主義協会派の代議員などから、『新宣言』を採用しても「日本における社会主義への道」を歴史的文書とはしないなどの修正案がだされ、結局、大会では決着がつかず、翌年一月の続開大会でようやく採択された。

社会主義協会派の人びとには、『新宣言』の意図がよくわかっていたと思う。それが「日本における社会主義への道」を歴史的文書にしないという提案に示されていたと考えられる。つまり『新宣言』は「川のこちら側の世界」であり、革命という川を越えた向こう側については「道」を残しておけば、つじつまがあうという想定だったと考えられる。しかし、田辺書記長も曽我副書記長も、この点では譲歩するつもりはまったくなく、続開大会でもこの協会派の決議案は否定された。むろん原案起草者としての僕も、それはそうでなくてはならなかったと思う。

一九八六年一月の続開大会にあたっては、石橋委員長が『新宣言』採択の決意を表明し、黒川武総評議長が『新宣言』原案の採択を求める意見書をだし、社会党の全国都道府県委員長会議が満場一致での決定を申し入れるなどのことがあって、最終的には『新宣言』は原案どおり満場一致で採択された。ただ、そのさい、五項目の「新宣言に関する決議」も満場一致で採択された。そのなかには、「社会主義は理念、運動、政策を含むものであるが、ことに運動を重視する」というような、いわばどうでもいいことが含まれていたが、「わが党を中心とする連合政権の樹立に全力を尽くす。したがって安易な保革連合はとらない」という、もともとの僕の考え方に場合によっては水をさす項目も含まれていた。石橋委員長、田辺書記長、曽我副書記長らがこの項目を含めて決議を認めたのは、やはり満場一致という形式を重視したためだと思う。またその後の細川内閣や村山富市内閣に、この決議がなんらかの影響を与えたということはないと僕は思う。

僕はこの『新宣言』によって社会党が本格的に政権を射程にいれた運動をおこすことになると期待した。しかし、実際にはそのような方向に展開しなかった。『新宣言』採択の半年後に行なわれた衆参同日選挙で、社会党が大敗したことは、『新宣言』に対して悲劇的な運命をもたらしたように僕は思う。大敗の結果、『新宣言』を推進した石橋・田辺執行部は退陣し、かわって土井たか子委員長、山口鶴男書記長を軸とする新執行部が発足し、土井委員長は就任のあいさつで、「いよいよ『新宣言』を実行に移す」という決意を表明し、その後もしばしば連合政権について言及したが、実際に『新宣言』にもとづく党改革などは停滞した。前章でみた国労の運命とともに、『新宣言』も一九八六年総選挙の敗退でその前途が暗雲に閉ざされることになった。

『新宣言』の残したもの

いまみたように、『新宣言』はいわば戦後革新の再結集の旗印としてはほとんど機能しないまま、事実上、その生命を失っていったように思われる。

しかし、『新宣言』自身、とり残したものがあったことも否定できない。そのひとつは、全面講和、中立堅持、軍事基地反対、再軍備反対を内容とする「平和四原則」をどのようにあつかうかについてだ。これは、実際上、党是のようなものであったから、『新宣言』の論議のなかでも十分に議論されたわけではなかった。この点について、もっとも早く問題を提起していたのは、生前の和田博雄さんであったと思う。和田さんは、平和四原則は、綱領でも永遠の党是でもなく、最高の政策であり、いかに最高であっても政策は政策である、という考え方を述べたことがあった。実際に連合政権をめざすとすれば、この四原則をあらためてどうするかということが問われることになる。

この点のひとつである自衛隊問題については、すでに一九八三年の段階で石橋委員長が前述の小林直樹教授の示唆を受けて「違憲合法論」のかたちで問題を提起していた。違憲合法論というのは、「違憲の自衛隊が〝合法的〟に存在している」というものであった。これは社会党の会議のなかで、「違憲・法的存在」という、いわばどうでもいいような修正が加えられたうえで、大会でも承認されていた。考え方としては、合法的に存在する以上、法的な手続きを経て、憲法に合致するものに改編していくという政策的なあり方を示したものであったといえる。

これに対して、「日米安保条約反対」というかたちでの中立の内容については、『新宣言』の段階でも十分な討議が行なわれたわけではなかった。この論議は、『新宣言』決定後に、理論センターにまかされることになった。僕を含めて、理論センターのなかの研究者委員と国会議員の多数派は、日米同盟が現実のものとして存在していることを認め、将来的にはソ連や中国を含めて、文字どおりの東アジアにおける集団的安全保障の仕組みにかえるような政策を追求すべきだ、という主張になっていたが、これには理論センターの委員の一人である矢田部理参議院議員らが猛烈に反対して、結局は、方向が決まらなかった。この時点でしっかりした議論が行なわれれば、のちに村山内閣成立時のようなみっともない取り扱いにならないですんだであろう。

もうひとつは、前述の横路孝弘議員が提起した社会民主主義にかかわる論議である。時期は少し先になるが、ベルリンの壁の崩壊後の一九九〇年、社会党大会は規約を改正し、規約の前文に「社会主義革命の達成」という用語にかわって、「社会民主主義の選択」という用語を挿入した。ところが、ここでいう社会民主主義とは何かということについては、なんの言及もなかった。内容の説明を求められた山口鶴男書記長は、理論センターに社会民主主義の規定について諮問した。これに答えたのは、研究者側の委員の責任者であった福田豊さんであったが、長文の規定を行なって答申した。僕は表立っては反対しなかったが、個人的には福田さんに、「これは社会民主主義のスターリン主義的規定である」などといって揶揄したことがあった。福田さんの労作は、中央執行委員会など、社会党の機関では討議されなかったというから、党としては「社会民主主義」とは何かについての公式の規定はないままに終わっている。

僕としては、山口書記長がここでいう社会民主主義とは『新宣言』のことであると答えればすむことであったと思う。そうした答弁ができなかったところに、やはり『新宣言』の運命があったように思う。

3 オタカさんブーム

一九八九年総選挙

中曽根内閣のあとをついだ竹下登内閣は一九八八年に消費税を強行導入し、世間の批判をあびた。自民党には、リクルート事件などのスキャンダルが発覚し、さらに竹下内閣をついだ宇野宗佑首相は就任早々、女性問題で世間の非難をあびた。

こうしたなかで実施された一九八九年の参議院選挙では、その直前に行なわれて社会党が第一党となった東京都議選とともに、いわゆる「オタカさんブーム」がおきた。加えて、労働戦線統一の進行のなかで成立していた民間連合は、一人区で、いわゆる連合候補を擁立し、社・公・民の三党が一致して推薦するという新方式の選挙協力が行なわれて、多くの一人区で勝利した。この当選者たちは「連合の会」を結成した。こうした結果、自民党は参議院で過半数を制することができなくなり、宇野首相の辞任のあとをうけた首班指名選挙では、社会党の土井委員長が参議院で首班の指名をうけるという事態にまで至った。

いってみれば、『新宣言』でいう連合政権への基盤ができたかにみえた。自民党との関係でも、法案などを成立させるためには、野党との協議が不可欠となった。しかし、こうした条件を社会党は十分に活用することができなかった。一九九〇年の総選挙では、自民党が過半数を獲得し、首班指名で野党各党は自党の党首に投票したし、その後におきたPKOをめぐる四党協議では社会党が蚊帳の外にとびだすという事態もあって、この時点での連合政権への胎動は失われた。僕には、社会党の奢りのようなものが作用していたように思われる。

ニューウェーブと『新宣言』

僕としては、『新宣言』が、解体しつつある戦後革新の再結集の旗印になることを期待したし、またそれなりの努力もした。その努力の一つが、「ニューウェーブの会」とのかかわりであった。ニューウェーブの会というのは、土井たか子委員長のもとで社会党が大きく復調した一九九〇年一月の総選挙で当選してきた新人議員の集まりであった。これらの新人議員グループの特徴は、一部に新しい労働組合の幹部もいたが、大学教授、弁護士、医師など、多様な職業経験をもつ人びとが多く、社会党に新しい風をふきこむものとして期待されていた。これらの新人議員の多くが集まってつくったのがニューウェーブの会であった。僕はこの会のメンバーについては、当選者の氏名として知っていた程度で、知己とよべるような人は宮城県出身の岡崎とみ子さんぐらいのものだった。基本的にはこの会とははじめはなんのかかわりもなかった。

ところが、一九九〇年の五月頃、会の幹事の一人である仙谷由人さんが、田辺誠さんの紹介ということで、訪ねてきた。仙谷さんは、ニューウェーブの会員たちは、『新宣言』を社会党の新しい憲法だと思って勉強会をやっているが、たまたま出版の計画もあるので、高木さんにコーディネートしてほしい、といってきた。『新宣言』の先行きに大きな不安を覚えていた僕には、思いがけないうれしい申し出で、すぐにその役割を引き受けた。

この勉強会は全部で七回ほど行なわれた。この勉強会に少なくとも一回は参加した議員は合計三〇人に及んだ。勉強会の目的は、『新宣言』のもっている意義を確認し、社会党内に広めるだけでなく、さまざまな市民的な運動に参加している人びとをこの宣言の周りに結集しようという意欲的なものだった。その限りでは参加者たちは、一致していたが、そこを一歩超えると、論議は結構錯綜した。『新宣言』の構成にしたがって、「めざす」「みつめる」「かえる」「つくる」の各項目ごとに行なわれたが、その項目ごとに錯綜をきわめた。

錯綜した論議をつうじてこの勉強会に参加した議員たちがいいたかったことは何かを考えると、実は『新宣言』がもっていた限界性を示していたように思う。たしか、のちに広島市長になった秋葉忠利さんだったと記憶するが、搾取とか差別とかを解決するのが、社会主義だとでてくるが、こうした問題の解決をもって社会主義ということはないのではないか、と指摘した。社会民主主義といいかえても同じことで、環境問題のような新しい人類的課題を含めて、人間的立場から問題を解決することが大切なのであって、〇〇主義といったイデオロギーの問題ではないのではないか、というのが秋葉さんの主張だったような気がする。『新宣言』自体、古いイデオロギーに束縛されているのではないか、というこの主張は、表現は異なっても、何人かの出席者から賛同の声があったように記憶する。

こうした見解は、ニューウェーブのような新しい世代のなかに、のちに「リベラル」という政治用語で総括されるような新しい考え方が育ってきていることを示したように僕は感じた。ニューウェーブの会員の多くは、協同組合とか、NPOとかに積極的に関与していたし、こちらの方は、僕は直接には関係がなかったが、ニューウェーブの多くが別に「シリウス」という会をつくり、社民連との連携をはかっていた。いずれも、一括すれば、「リベラル」としての政治行動ではなかったか。この意味で、『新宣言』は、戦後革新の再結集の主軸としては、なお遅れをとっていたといわなければならない。いずれにしても、ニューウェーブに結集した人々は、社会党に大きな刺激を与えた。しかし僕には、その後の政治情勢の展開のなかで、ほんらい活躍すべきだと考えられたほどには、集団として大きな影響力をもたなかったように思う。その理由は僕にはよくわからない。

私事にわたることを書けば、一九九三年に僕の父親が八三歳で亡くなった。その葬儀に際して、ニューウェーブの会員の多くから、葬儀用の花をいただいた。葬儀が行なわれた寺の本堂から入り口まで、花でうめつくされた。ニューウェーブの人たちが人と人との関係を大切にする心やさしい人びとであることを改めて感じた。母親の方は一〇二歳まで生きた。

ニューウェーブが出現した翌年の一九九一年には、統一地方選挙が行なわれた。四年前の統一地方選挙は「おタカさんブーム」の出発点だったから、僕は、この選挙の中心ともいうべき東京都知事に土井さんが立候補すべきだと考え、縷々その心情を書いた手紙を届けた。連合の山岸会長も同意見で、メディアの記者との懇談会でその意見を伝えていた。ところがその懇談会の席で、「土井さんは社会党委員長として十分長くやったのだから、やめてもいいのではないか」とも言ったらしい。土井さんはこの発言に激怒して、都知事選出馬はお流れとなった。もっとも、当時は国会でPKO問題が大きなテーマとなっており、自他ともに「護憲」の守護神であった土井さんが出馬することには、もともと無理があったのだろう。

第8章　連合の成立と新しい政治情勢

1　金属機械・コミュニティユニオン

労働戦線統一にたいして

話は少し前に戻る。国労が事実上崩壊し、社会党が『新宣言』の推進になおオタオタしていた時期、すなわち一九八〇年代後半には戦後革新をめぐる風景は大きく変化していた。世界規模では、一九八九年から九一年にかけて、ソ連・東欧体制が崩壊して、戦後期をいろどってきた「二つの世界」はなくなった。僕は、一九八八年と八九年いずれも年末に西ベルリンにいき、ドイツの研究者らと交流していたが、八八年にはブランデンブルグ門の近くの壁をみながら、この壁はいつまで続くのかと思ったりしたが、八九年のときにはすでに壁は壊されていた。わずか一年のあいだにこれだけの変化が起きるなどとは思っていなかった。社会科学者としては、まことに恥ずかしいことだった。

国内ではすでに一部みてきたように、労働戦線統一が進行して、一九八七年には民間連合が成立し、八九年には官民統一の大会が開かれて、連合が成立した。

連合の成立自体に、僕は直接かかわったことはなかった。ただ、一九八〇年代のはじめだったか、総評の富塚事務局長から、総評がとるべき方針についてコメントをほしいという依頼があり、やや長文のアイデアを書いたこともあった。

その内容は、現在進行している、いわゆる労働戦線統一は、たとえば、一九五〇年代アメリカのAFL（アメリカ労働総同盟）とCIO（産業別組合会議）の統一とは異質性をもっていることをしっかり考慮しておくべきだ、というものだった。AFLとCIOの統一は、明確にナショナルセンター間の統一であり、リーダーの名前でいえば、ジョージ・ミーニーとウォルター・ルーサーのあいだの提携であった。これにたいして、現在進行している日本の労働戦線統一は、これまで実績を重ねてきたナショナルセンター間の統一というよりは、基盤を企業別組合におく産業別組織の新しい連合体の形成である、と僕には思えた。

ナショナルセンターと産業別組織の連合体というのは、基本的に異なることを重視しなければならない、とコメントには書いた。ナショナルセンターはたんに産別の利害を反映する連合体ではなく、組合に加入していない雇用労働者をふくめて日本の労働者全体の利益を実現するための組織であり、それはILO（国際労働機関）に代表を派遣する権利を有していることからも明らかであろう。すでに進行している状況からみれば、むろん困難はあるが、労働戦線統一のなかにナショナルセンターの統一という側面をできるだけ反映するよう努力すべきだ、というのがその趣旨だった。

このコメントについては、お蔵入りし、討議の対象にはされなかった。ただ、労働戦線統一の実質的内容をきめた六人委員会の委員のうちの全日通（全日通労働組合）の中川豊委員長の場合には、たんに産別代表というよりは総評を代表するという性格があり、その点は富塚事務局長も配慮を行なった可能性がある。黒川武議長、真柄栄吉事務局長に総評リーダーが交代して以降は、むしろ淡々と、八七年の民間連合の成立、八九年の連合成立という新産別連合へ過程が進行していったようにみえる。僕はこのプロセスには直接にはなんのかかわりもなかった。

金属機械の成立

労働戦線統一のプロセスで起きた産別の離合集散は多かったが、そのなかでとくに積極的な意味をもったのは、総評の全国金属と新産別（全国産業別労働組合連合）に属する全機金（全国機械金属労働組合）および京滋地連の統一によって成立した金属機械（全国金属機械労働組合）だった。この金属機械の成立に僕はかかわりをもった。

総評全金は、人も知る左翼組合で、ストライキなど争議も多かった。労働戦線統一には、はじめは反対で、二二単産会議の破綻の原因もつくった。しかし、一九八〇年代のはじめには、この方針は変更され、一九八二年に全民労協（全日本民間労働組合協議会）に参加した。当時は橋村良夫委員長、平沢栄一書記長で、渋谷の全金本部でよくお目にかかった。

総評全金は、ものづくりの会社の、しかも中小企業の多い労働組合で、賃金闘争や解雇反対闘争、ストライキも多かった。平沢書記長はみずから「争議屋」と称し、同名の著作もある。

そのいわば根っからの左翼組合が労戦統一に参加するのは、ひとつの大きな動きだった。僕は当時、平沢書記長に労戦統一に積極的になった理由をきいたが、その答えは「僕は総評の全電通よりも同盟の金属のほうに親近感を感ずるんだよ」というものだった。実際には、それだけではなく、全金参加の中堅以上の組合で労使会議がつくられるなど新しい動きも作用していた。

いずれにしても、平沢書記長、それにさらに平沢さんの後を受けた嶋田一夫書記長が推進したのは、機械金属産業分野での大きな結集という構想だった。この構想をもともとたてたのは、全金出身で総評副事務局長をつとめた内山達四郎さんだった。それにもとづいて、まず進展したのは、総評全金と新産別傘下の全機金および京滋地連との統合だった。

僕は、嶋田書記長の就任以降、いろいろな相談にあずかり、総評全金だけではなく、島津製作所のような新産別系の工場、組合を見学させていただき、意見もきいた。最終的には、話し合いが成立して、総評の全国金属、新産別傘下の全機金、京滋地連、それに新潟鉄工のような無所属組合も参加して、新しい産別、金属機械がつくられた。準備会では、これらの参加組合は組織の大小を問わず、一組織一票の原則で運営された。

光栄なことに、僕は新しい組織の書記長になる嶋田さんの要請で、金属機械の綱領の草稿を書かせてもらうことになった。そこでは、それほど新しい議論を入れたわけではないが、労使協議を重視するなど、従来の総評全金の行き方とは少し異なる方向も入れた。

金属機械は、はじめから同盟系の全金同盟（のちにゼンキン連合）との統一を想定していた。金属機械の発足以降、二つの組織で話し合いが行なわれ、ＪＡＭが結成された。僕にとっては、このような民間製造業の組合にかかわったことは、とても大きな栄養となった。

コミュニティユニオン

労戦統一にかかわって体験したもう一つの民間労働組合とのふれあいは、コミュニティユニオンだった。コミュニティユニオンは最初の時点では、連合と直接にかかわりがなかったが、労働戦線統一が進展する時期と同じくして、地域に拠点をおき、個人加盟による労働組合がかなりのいきおいで成立するようになっていた。

たぶん一番早いのは、一九八四年に結成された江戸川ユニオンだったように思う。これがかわきりになり、全国に波及していった。それまでも全国一般の組合のように、中小とくに小企業を対象とする組合がなかったわけではむろんないが、どちらかといえば、この場合も実際の拠点は職場におかれ、多くは中小零細企業における小型の企業別組合としての性格をもっていた。これにたいして、コミュニティユニオンは、例外がないわけではないが、ほとんどまったくの個人加盟で、単位は地域におかれた。個人で参加できるから、僕が調べたコミュニティユニオンのなかには、喫茶店の店主といった自営業主が参加した例もあった。

僕は、江戸川ユニオン創始者である小畑精武さんの要請で、コミュニティユニオンの内容を調べ、積極的な意義をあたえて、この種の組合が発展するような研究会をつくることになった。つくられた研究会の名前が、コミュニティユニオン研究会だった。ここで、コミュニティユニオンという名前をつけたのは僕だった。その名前の由来は、一九五〇年代のＵＡＷ（全米自動車労働組合）が主張したコミュニティユニオニズムだった。ＵＡＷの場合には、コミュニティユニオニズムは組織の名称ではなく、貧しい黒人労働者たちが住む地域の改造計画を進めるような社会的な要素をもつ運動をさしていた。だから、内容的には異なっていたが、実にいい名前だと思って借用した。結果として、コミュニティユニオンという名称は労働界に広く通用することになった。

コミュニティユニオンには、当然のことながら、いろいろな色彩があり、全労連（全国労働組合総連合）とか全労協（全国労働組合連絡協議会）加盟のものもあるし、女性ユニオン、管理職ユニオンのような性、職能ごとの個人加盟組合として類似しているものもある。のちに、二〇〇〇年代にはいって、これらのうち、コミュニティユニオン全国ネットワークに参加する組合が連合に加盟することになるので、これも僕の労働戦線統一へのかかわりのひとつであった。

ついでにいうと、僕は、コミュニティユニオン型の組合は相当ないきおいで発展すると想定していた。しかし実際には、そうした急速な発展はみられず、いろいろなコミュニティユニオンを総合しても、三万人程度の総数にとどまっている。これはなぜだろうか。たぶん、ひとつの理由は、連合の地方組織などがこうしたユニオンの発展にかならずしも協力的でなかったということかもしれない。

2　教育文化協会など

Rengoアカデミー・マスターコース

前にも述べたように、僕は、連合の成立そのものに直接のかかわりをもたなかった。せいぜい、労働問題研究会以来の盟友であった山岸さんと藁科さんとが会長の座をめぐって、一時的に争いになったことに気を揉んだ程度であった。

結成以降も、連合本体に直接かかわったことはほとんどない。むろん、会長とか事務局長には知人が多かったから、個人的には相談にのることも少なくなかった。もっとも重要なのは、一九九八年以降、鷲尾悦也会長、笹森清事務局長の体制のもとでつくられた研究会で、いろいろな報告や発言をさせてもらったことだった。この研究会には、高梨昌、正村公宏、丸尾直美といった諸先生も参加し、その後、事務局で整理されて「二一世紀を切り開く連合運動――二一世紀ビジョン」が作成された。まとめの中心になったのは井上定彦連合総研副所長と加藤裕治自動車総連事務局長だった。そのときに使われた「労働を中心とする福祉型社会」というスローガンは、その後も名前をかえながら、連合の基調として定着している。そういうつきあいもあり、二〇〇七年三月に僕が日本女子大学を定年で辞めたときには、鷲尾さんとか草野忠義さんといった連合の会長、事務局長経験者がかけつけて、定年の会合を大いに盛りあげていただいた。

連合本体とのつきあいは、そのような程度であったが、連合が設置した関係団体のひとつである教育文化協会とは、かなり深いつきあいがあったし、いまもある。連合が設置した重要な関係機関は三つ存在した。すなわち、連合総研、国際労働財団、教育文化協会である。連合が労働組合として役割を果たすためには、調査研究、国際活動、それに教育活動の三つが不可欠であるという主張をして、三つの機関をつくったのは、山田精吾連合初代事務局長だった。このうち、連合総研は一九八七年、民間連合の時代に設立され、これも連合がそのまま引き継いだ。国際労働財団（ＪＩＬＡＦ・ジラフ）も一九八九年、民間連合の時代につくられ、連合がそのまま継承した。僕はこの両組織とは、個別の研究プロジェクトに参加する程度のつきあいしかなかった。

僕がもっとも力を注ぎ、また深いつきあいがあったのは、教育文化協会（ＩＬＥＣ）だった。この組織は、さまざまな文化活動も行なったが、中心は山田事務局長の志向した労働者教育だった。教育文化協会は、三つの組織のなかではもっとも遅く一九九五年に社団法人として設立された。この教育文化協会は、山田事務局長がもっとも重視した労働運動のリーダー育成のプログラムを実践する場であった。そのためのコースが二〇〇一年からＲｅｎｇｏアカデミー・マスターコースとして設置され、毎年二〇～三〇名の産別の若い役職員を受講生として養成してきた。最初の時点では、僕は教務委員長として、カリキュラム全般の作成に協力し、いろいろ修正はされたが、基本はこんにちまで維持されている。

連合寄付講座と連合大学院

教育文化協会で僕がかかわってきた他の事業には連合寄付講座というものがある。教育文化協会が運営費などを提供するとともに講師を選定して大学で学生に授業を行なうものだ。卒業後、ほとんど一〇〇%が雇用労働者になる学生たちに、労働組合の意義を知ってもらおうという目的だった。講師には、連合本部と産別の役員・スタッフのなかから、たとえば、賃金とか労働時間とか男女平等とか課題におうずる専門家を選定して、テーマごとに配置するようにした。

最初は、僕が在職中、日本女子大学で二〇〇四年にはじまった。この講座は日本女子大学では、三年間で中止となったが、その経験をもとに、いくつかの大学で続けられているほか、連合の地方連合会がそれぞれの地域の大学に設置している寄付講座もだんだん多くなり、教育文化協会の直轄のものとあわせると、二六を数えるまでになっている。

なかでも、一橋大学社会学部で実施された寄付講座はユニークだった。これは、はじめ、浅見靖仁教授がうけいれたものだったが、うけいれと同時に、フェアレイバーセンターという研究組織をつくったことが特徴だった。フェアレイバーセンターという名称は、一九九九年、アメリカのクリントン大統領によって設立されたフェアレイバーアソシエーションという組織名から借用したものだった。フェアレイバーセンターは一〇年ほどつづいた。この間、高須裕彦さんが事実上の専任として活動した。僕も、埼玉大学教授でのちに同大学の学長になった上井喜彦さんらとともに運営委員（共同推進者）をつとめた。連合寄付講座自身も浅見教授が転出したあと、林大樹教授、中北浩爾教授などがあとを引き継ぎ、講師が話す時間を短くして学生の質問を重視するというかたちで、学生参加を進める、などの新しい試みを行なった。こうした試みは、同志社大学、埼玉大学など他の大学の連合寄付講座にも広がった。

すでに述べたように、山田精吾連合初代事務局長は労働組合運動の人材養成ということに大きな力を注いでいたし、独自の連合大学のようなものをつくるのがいい、ともらしていたこともあった。マスターコースや連合寄付講座は、そうした山田事務局長の遺志を引き継いだもので、それはそれで成果をあげてきたが、僕としては山田事務局長の遺志からすれば、もうひとつ不十分さがあると考えていた。

そこで考えついたのが連合大学院の構想だった。僕の最初の構想はとても雄大で、連合と労金・全労済などの事業団体が共同で資金をつくり、独立の専門職大学院を設立して、毎年五〇人程度の組合員に専門的な労働問題を勉強させ、修士の資格をあたえようというものだった。はじめからわかっていたことであるが、これは雄大すぎて実現できるものではなかった。それでも一応、絵に書いたのは、たぶん、山田さんが意図していたのはこのようなものではないかと想像したからだった。

僕のこの構想をひきうけて形を変えて現実化したのは、連合副事務局長をしていた山本幸司さんだった。山本さんは、独立の大学院ではなく、既存の大学のなかに修士課程を設定するという方針を決めた。実際にこれをひきうけたのは法政大学で、その大学院のなかに、通称・連合大学院を設置することに成功した。正式な名称は、法政大学大学院連帯社会インスティテュートで、既存の公共政策研究科と政治学研究科から定員をわけてもらい、労働組合、協同組合、NPOの三つの分野で毎年一〇名程度の修士課程院生を、東京大学社会科学研究所から移った中村圭介教授らによって教育している。現在では、これも教育文化協会が運営に責任をもっている。資金は連合、労金協会、全労済が負担している。

この連合大学院には、連合本部や産別のスタッフなどが在学し、それぞれの研究テーマで論文を書いており、その成長には大きな役割を果たしていると思う。とはいえ、これで山田事務局長の遺志が実現されたとはまだいえないと僕は思っている。

このようなかたちで、僕は教育文化協会に大いにかかわり、とくに日本女子大学を定年退職して以降は、教育文化協会が日常の活動拠点ともいえる存在になってきた。以上はいってみれば、僕の日常の活動であるが、連合とのかかわりでいくつかの非日常の活動を行なったこともたしかであり、以下にその点を書き残しておきたい。

3　殿様連合

知事に決起をうながす

社会党の田辺委員長がPKO法（国際平和協力法）の議員総辞職でミソをつけ、いわば死に体になり始めていた頃のことだから、一九九二年の半ばぐらいだったと思う。久しぶりに、グランドパレスの最上階のパブに、仲井富さん、初岡昌一郎さん、それに神奈川生活クラブ生協の創設者である横田克己さんの四人が顔を揃えた。横田さんとは以前からの知り合いで、藤沢にある福祉施設の見学などで、僕の指導する大学院生が世話になったこともあった。四人が集まれば、連合政権をめざす動きが手詰まりになっているいまの状況で、何か新しい着想で政治を動かす方法はないか、を論議することになるのは必然であった。

四人の一致点は、中央段階の連合政権構想が手詰まりとなっている今、新しい突破口をみつけるためには、「下」、つまり地域からの新しい刺激をつくらなければならない、という点だった。幸いなことに、横路孝弘北海道知事、長洲一二神奈川県知事のように、社会党が全面的に支援した知事以外に、社会党ではないが、平松守彦大分県知事、恒松制治島根県知事、本間俊太郎宮城県知事のようにこれまでの保守系知事とは違った新しい、いってみればリベラルな雰囲気を身につけた何人かの知事が登場していた。これらの知事はいずれも連合の地方連合会が推薦していた。

こうした知事を、政治改革をうながすようなインパクトをもつ何らかのかたちのグループに結集するのが、いいのではないか、というのが四人の結論だった。このことを提案したのは、すでに神奈川でローカルパーティを立ち上げ、県議団まで擁するにいたっていた横田さんだったと記憶する。知事は、一国を統治する大名のようなものだから、このグループを「殿様連合」という名前にしようと提案したのは僕だった。殿様連合ができたらすぐに、各地域で、労働組合や市民団体で応援団をつくるということでも一致した。

このアイデアを進展させるためには、呼びかけ人が必要となる。これも四人が一致したのは、山岸章連合会長だった。山岸さんは、この構想に大いに心をうごかされたのであろうか、たんなるかたちのうえでのボスとか、助っ人だとかいった枠を超えて、殿様連合の展開に、積極的な役割を果たされた。

とくに、重要な意義をもったのは、山岸さんが旧知の佐川一信水戸市長をつれてきたことである。佐川さんがこの殿様連合構想に魂をいれる役割を果たした。この構想の展開は佐川さんがいなければ、はじめから、空中楼閣に終わったであろう。僕はまた、三鷹寮以来の友人で、全国一般の書記局をやめて、いわば浪人生活をしていた秋山順一君をグループの仲間に誘い込んだ。秋山君を誘ったのは、この構想のキーマンと想定していた横路北海道知事と、夫妻そろって親しかったためであるが、それ以上の役割も果たしてくれた。たとえば、勝手なことを語り合うこのグループの論議のポイントを正確なメモに残して、つぎの会合でより発展した論議ができるようにしてくれた。

いろいろな議論のすえ、先にあげた五人の現役知事と、細川護熙熊本県、武村正義滋賀県の二人の前知事の七人に連合会長山岸章から親書を送った。内容は、現在の政治的いきづまりを打開するために、共同の提言をまとめてほしい、というものであった。親書には、その提言がまとまれば、ただちに現在と前の知事有志の提言を「実現する会」をたちあげることも記されていた。

殿様連合の挫折

結果からすれば、殿様連合のアイデアは実を結ばなかった。それには、いくつかの理由があった。第一は横路問題だ。僕たちはそろって、この構想のキーマンが横路北海道知事であると認識していた。山岸親書にもっとも早く反応したのは、長洲神奈川県知事だったが、知事から伝えられたところでは「横路君がこれにのるなら、自分ものる」との意向だった。

佐川さんは北海道に出かけて、横路知事を説得した。僕も秋山君と一緒に、札幌の知事公舎で横路知事と会い、山岸親書に積極的に対応してくれるよう説得した。対応するという内容には、知事を辞めて上京し、知事グループのリーダーとして活動したうえ、総選挙に立候補して国会議員に復帰することもふくまれていた。結果からいえば、反応が鈍かった。殿様連合そのものには賛意を示したが、そのトップとして活動することへの反応は鈍く、結果としては残念ながら、あきらめざるをえなかった。横路さんには動くに動かれない特別の事情があったということだろう。

二つ目の理由は、殿様連合の中心だった佐川さんの動向だった。佐川さんは、山岸親書が発せられた直後の一九九三年に市長を辞任して、茨城県知事選挙に立候補した。横路さんがだめなら、自分が一人の「殿様」になって前に進めようという構想だったと思う。しかし、選挙では惜敗して、この構想は実現しなかった。佐川さんは、その後、ローカルパーティの立ちあげなどに大きな努力をはらうが、一九九五年にがんを発病し、急逝してしまった。佐川さんの死は、実質的な殿様連合の消滅を意味していた。

三つ目が殿様連合構想の消滅の最大の理由だった。親書が送られた直後の一九九三年六月、社会党など野党が提出した宮沢喜一内閣不信任案に、小沢一郎氏など自民党議員から賛成者が続出して可決され、総選挙が行なわれることになった。地方から中央へというルートをつくる前に、中央の政界が大混乱におちいった。その結果として、山岸親書はそのまま立ち消え状態になってしまった。不信任案可決のあと、小沢一郎衆議院議員らは新生党を結党し、武村正義衆議院議員らは新党さきがけを結党した。政界は流動化し、非自民政治勢力による新しい政権の可能性が一挙に浮上してきた。

4 細川内閣の成立と終焉

新連立政権の準備

この新しい政治勢力のキーマンが山岸連合会長と小沢新生党代表幹事の二人であった。どういう経緯かは知らないが、この段階では、山岸・小沢両氏が手を組んで、新政権への準備をはじめた。山岸さんは小沢さんと連携し、公明党、日本新党、新党さきがけ、などとの調整活動を行なったようだが、それについては、僕は知らない。

ただ、山岸さんは小沢さんとの会談のさい、新政権の誕生のための政策協議を非公式に行なうことを決めていた。その時点で、社会党は山花貞夫委員長となっていたが、前委員長の田辺さんが実質的な後見人となっていた。その田辺さんから、僕はこの政策協議に参加するよう頼まれた。山岸さんからも参加するようにいわれた。この会議自体がまったく非公式なものだったから、僕自身、どこかを代表してはいるというものではなかったが、一応、社会党と連合の意見を政策のなかに反映させる役割を担ったことになる。この非公式な政策のすりあわせの場の座長には、野村総研の徳田博美顧問があたった。小沢代表幹事のブレーンである平野貞夫参議院議員もでてきていた。連合からは、坂本哲之助副事務局長が出席した。この会は、合計四回行なわれたが、そのうち一回には小沢氏自身も出席した。二、三時間にわたって行なわれた論議のなかで、小沢氏はじっと聞いているだけで発言をしなかった。

会合では、外交、防衛面から、経済社会制度、それに選挙制度改革におよぶ広範な論議が行なわれたのを覚えている。外交面では国連中心主義で、経済政策では内需中心型の経済成長、それに選挙制度では小選挙区制と比例代表制の組み合わせなどが、新政権の目玉になるだろうことが論議された。経済政策や財政のあり方では、徳田座長はご自身の出身である大蔵省にたえず電話をかけ、計数的にも実現可能かどうか確認していたのが特徴的だった。

この会合の内容については、僕は田辺さんと山岸さんに詳しく報告し、山花さんにも内容を伝えた。非公式な会合だから、なにかまとめの文章を残すというような作業はしなかったが、のちの細川政権樹立のための政策協定協議がスムーズに進展する素地はつくられたと思う。

政治改革、国民福祉税

一九九三年七月に行なわれた衆議院選挙では、自民党は大きく議席を減らし、過半数に到底達しなかった。社会党も議席を半減させたが、自民党に次ぐ第二党の座を維持し、同党と新生党、公明党、日本新党、民社党、さきがけ、社民連の七党で過半数を上回る議席を確保した。社会党などの各党は、非自民連立政権の樹立のための協議をかさね、最終的には参議院の民改連（民主改革連合、「連合参議院」の後身）をふくむ七党一会派の代表者で、政策をはじめとする連立政権樹立の合意事項に調印した。結果的にいうと、この合意事項の内容は、さきの非公式の会合の内容を引き継いでいたように思われる。

八月に召集された特別国会で首班指名選挙が行なわれ、衆議院でも参議院でも、日本新党の細川護熙代表が一回の投票で過半数を獲得し、首相に指名された。

細川内閣に参加した七党一会派のうち、社会党では選挙の大敗の責任をとって、九月末の党大会で山花貞夫委員長が退陣し、村山富市衆議院議員が委員長に就任した。

山花さんは、細川内閣の政治改革担当の特命大臣として入閣していた。当面の政治の焦点である選挙制度改革に責任をもつこととなったのだ。僕は少し気の毒に思ったが、本人と社会党が了解したことだから、文句はいえない。この時点で、選挙制度改革の方向は、小選挙区制の導入に傾いていた。

僕は、たまたま山花さんと会ったとき、政治改革担当大臣としては、小選挙区と比例代表を同数とすること、比例の単位は全国とすることが政治改革の最低限の条件であり、それだけはぜひ守ってほしいと申し上げた。政府原案として提出された公職選挙法改正案では、小選挙区二五〇、比例代表二五〇、比例代表は全国単位という内容の小選挙区比例代表並立制となっており、僕の山花さんへの言い分をみたしていた。

国会では論議が長期にわたってつづけられたが、政治改革関連法案は衆議院を通過したのち、年があけた一月に参議院本会議で採決が行なわれた。このとき、社会党から一七人の反対者が出たため、法案は否決された。そのあといろいろあったが、衆議院議長となっていた土井たか子さんが細川首相と河野洋平自民党総裁との会談をあっせんし、その結果、両者のあいだで小選挙区と比例代表の定数をそれぞれ三〇〇、二〇〇にする、比例代表の単位をブロックにするという妥協をしてしまった。政治改革関連法案の反対者は自民党を利する結果をもたらし、土井議長もまた、そうした結果になる会談をあっせんするなど、政治改革については社会党の先行きにたいする見通しのなさが示されたと僕は思う。むろんこれらの事態は、僕のかかわることではなかった。

政治改革が成立したあとの一九九四年二月三日、細川首相は六兆円減税を前提として、税率七％の国民福祉税の創設を突如発表した。細川首相をめぐっては、その後、いろいろなことがあったが、結局、この国民福祉税構想に社会党が反対したことが一因になって、連立内閣が崩壊することになる。社会党の反対の理由は、この構想について与党間で話し合いがなかったということにあった。要するに、手続き論での衝動的な反対であった。国民福祉税問題については、各党間の協議にまかせるということで一応の決着をみたが、その後、細川首相は四月八日に辞意を表明した。

細川内閣の後継については、羽田孜新生党代表とすることで一致したが、僕はこの過程でホテルニューオータニにたてこもっていた平野貞夫氏と、社会党と新生党とのあいだで対立していた諸課題について非公式の話し合いを行なった。大きな争点は、北朝鮮の核開発をめぐる情勢と消費税の引上げを中心とする税制改革の二点だった。僕と平野氏とのあいだでは、北朝鮮問題については国連中心主義でいく、税制については消費税の将来の引き上げを内容にして協議を進めるということで、まとめようと話し合った。この間、新党さきがけが次期政権で閣外協力に転ずることを決めたので、さきがけをのぞく連立与党の政策協議では、だいたいのところは新生党の主導で、北朝鮮問題、消費税問題について各党が一致した。

こうして衆参両院で羽田氏が首班に指名され、連立内閣の継続が決まった。

その瞬間だった。民社党の大内啓伍委員長が提唱した統一会派「改新」の結成が急速に進められた。これは、社会党にたいして事前になんの通告も行なわれなかったと社会党は主張している。

国民福祉税構想をふくめて細川内閣の後半の時期には、一・一ライン、つまり新生党の小沢一郎氏と公明党の市川雄一氏の二人を軸にして、さまざまなかたちで社会党いじめが行なわれていたといわれる。改新もその流れで、社会党を与党第一党の座からはずすことが目的だったとされる。僕はこのプロセスについてはぜんぜん知らないが、山岸連合会長からはしばしば、自分になんの相談もなく、産別幹部に電話がいくなどということが起きるようになった、という話を聞いていた。山岸、小沢間の蜜月が終わったことも知らされていた。

改新の結成に怒った社会党は、連立内閣に参加しない、政権から離脱するという方針を決めた。羽田内閣は少数内閣として発足し、なんの新しい政策に着手することなく、予算だけを通して六月に総辞職を表明することになる。ここで、七党一会派による連立政権は崩壊した。

第9章　村山内閣とリベラル新党の挫折

1　村山内閣のなかで

村山内閣

羽田内閣の総辞職のあと、驚天動地のことがおきた。これまで社会党は、戦後革新の中軸として自民党政治に対抗することが、いわばその生命だったはずだ。その社会党が自民党と組んで、新しい連立内閣をつくることになった。すでにみたように、『新宣言』のなかでも、自民党からの離脱者をふくめた保守政党との連合政権などは想定していたし、ドイツ型の大連合もありうると理論的には想定していたが、そういう事態が実際におきると考えていた人はおそらく少数だったにちがいない。

一九九四年六月、衆参両院は自民党と社会党、それに新党さきがけが擁立した村山富市社会党委員長を首班として選出し、村山内閣が成立した。

首班指名が行なわれた日、僕はのこのこと社会党本部にでかけた。書記局のスタッフの誰かが用意してくれた委員長室で、テレビで指名の一部始終をみていた。どういう事情だったか、あるいはどういう手段だったかは忘れたが、自民党の柳沢伯夫さんからは、なんども連絡がはいり、自民党のなかで小沢一郎氏がかついだ海部俊樹元首相にどれほどいくか、などの情報をいただいた。率直にいって、たぶん僕は、この時点では、村山自社さ三党連立内閣の成立に期待をかけ、また興奮もしていたのではないかと思う。『新宣言』のいう連合政権が実現するとまでは思わなかったが、なにしろ、若い時代からそのために活動してきた「社会党内閣」が実現しそうだ、というので、冷静な判断はどこかに置き忘れていたように思う。自民党のなかからはまさに国労をこわした中曽根康弘元首相が海部支持にまわる、という情報も、こうした興奮を加重したに違いない。

僕はこの成立のプロセスがどのようなものであったかは具体的には知らないが、いろいろなかたちで自民党と社会党の有力議員が接触していたことは事実だった。主として接触していた相手は、森喜朗自民党幹事長で、社会党側は、野坂浩賢衆議院議員など、村山委員長の側近だったようだ。結局のところ、そうした動きをつくりだした一つの理由は、一・一ラインによる社会党いじめへの反発だったように思う。

首相官邸

僕は、村山内閣が成立したあと、何回か首相官邸で村山首相と会ったことがある。これは、村山内閣の前半の時期に首相政務秘書官をしていた園田源三君が村山さんに政策上の助言をしてほしいという依頼をしてきたからだ。園田君は大学時代、社青同の同盟員で、社会党の書記局に入るときに、僕が口をきいた覚えがある。最初に首相の執務室に入ったさい、僕は非常に広いと感じた。どうもこれは一種の錯覚だったようで、実際には一六〜一八畳くらいだそうだから、それほど広いわけではないらしい。錯覚したのは、その部屋のなかで、ただ一人村山さんが文書に署名するなどの仕事をしているのをみて、孤独な姿をしているな、と思ったせいかもしれない。

この部屋には用務で人がいれかわりに訪れていた。僕が首相と会って話をしているときには、東大三鷹寮の同級生であった丹波実君がサウジアラビア大使を拝命してあいさつに来ていた。丹波君はのちに、ソ連大使として活躍した人物だ。

首相執務室のすぐそとには各省出身の首相秘書官たちの部屋があり、園田君もその一角に小さな部屋が与えられていた。僕が行って内密の話をそこですれば、すぐ他の秘書官たちに聞こえてしまう可能性もあり、園田君とはわざわざ首相専用の乗用車をだしてもらって車のなかで話しこんだことさえある。

村山首相が実際に政治上のいろいろなことを決めたのは、官邸ではなく、首相公邸の方だったと思う。ここには村山首相の側近の野坂浩賢衆議院議員とか、山下八洲夫衆議院議員とか、大分県出身の自治労の佐藤晴男書記長などが夜な夜な集まり、議論していたといわれる。政策面では圧倒的に秘書官たちが官邸で村山さんを包囲していたが、政治面での実質的な決定は公邸で行なわれたのだろう。

僕は官邸によばれたのだから、いってみれば、政策上の公式的な論議を聞きたかっただけのことかもしれない。

僕にとって大きな打撃となったのは、それからまもなく山岸章さんが連合会長を辞任してしまったことだ。村山首相になにかを提案する場合、事前に相談しておく連合のリーダーがこの瞬間にいなくなってしまったことになる。後任の芦田甚之助会長とは、公式の場合をのぞけば、親しく話しあったことはなかった。

山岸さんの辞任については、本人は病気を理由にしていた。しかし同時に、密約説もあった。密約説というのは、一九九三年に三期目の連合会長として選出されるさい、途中でゼンセン同盟の芦田会長に交代するという約束をしたという内容のものだった。あとでいろいろ調べてみると、この密約説はかなり有力なものであるような印象をうけた。あるいはまた、思わぬかたちの自民・社会・さきがけ三党連立内閣というもので自分の構想が挫折してしまったという落胆の思いが、山岸さんにあったのかもしれない。

二つの提言

園田君の依頼で村山首相に助言した内容は二つあった。ひとつは、消費税引き上げとのかかわりで、基礎年金の改定をはかるべきだというものだった。僕は、社会保障と税の一体改革を首相のリーダーシップで行なうべきだ、と進言し、まず基礎年金の当時三分の一だった国庫補助率を二分の一に引き上げることからはじめてはどうか、と申し上げた。同様の提言は社会党の政策審議会などからも行なわれていたらしい。社会保障と税の一体改革に着手すれば、それは村山内閣の大きな功績になったと思う。しかし、村山首相は、うん、うんと話を聞いてはくれたが、そのためのリーダーシップを発揮することはなかった。

実際の消費税引き上げはつぎの橋本龍太郎自民党内閣の時期になるが、その決定は村山内閣として行なわれることになり、社会保障の改革との連携はまったくなかった。その点では、民主党内閣の時期に社会保障と税の一体改革が主張されたにもかかわらず、つぎの自民党内閣の時期に消費税引き上げだけが先行的に進行していくのと、軌を一にしていた。

結局のところ、政策面での判断はとりかこむ各省出身の秘書官グループに依存するほかはなかったのであろう。典型的には、阪神・淡路大震災についての質疑が国会で行なわれ、個人の被害に政府が救済の手をのばすべきだ、とする意見がでたのに対して、自然災害による個人の被害については個人で責任をもつのが原則であると、ほとんどにべもなく答弁したことに端的にあらわれていた。

村山首相にくりかえし進言したもうひとつの内容は、社会党自身のことで、要するに社会党を解党し、リベラル新党として新しい発展をめざすことで、一方で古い自民党、他方で新進党のような新保守勢力と対抗できる第三極をめざすべきだ、ということだった。「死んで生きる」方針を明確にすべきだという言葉をつかって、その方向を申し上げたこともあると記憶する。

2 リベラル新党――高揚と挫折

リベラルとは

当時、リベラル新党という用語はかなり使われていたと思うが、はっきりした定義は示されていなかった。僕の「リベラル」という用語法は、J・K・ガルブレイスに学んだものだった。ガルブレイスは、ヨーロッパの社会民主主義者たちとアメリカ民主党のリベラル派の人びととのあいだには、ほとんど距離がない、いってみればアメリカ民主党のリベラル派はヨーロッパでいえば社会民主主義者たちなのだ、と述べていた。

そうした内容は、平和経済計画会議が企画し、田辺誠さんの協力のもと、大内力先生を団長として編成したヨーロッパ社会民主主義の調査のときにも実証された。僕はこの調査団にいわば大内先生のカバンもちとして参加していた。この調査旅行は村山政権のあとのことで、イギリスにブレア政権、ドイツにシュレーダー政権が登場する時期のことであった。この調査でえた情報のひとつは、イギリス労働党、ドイツ社民党などは、社会主義インターを改組し、民主主義インターとして再編し、アメリカ民主党にも参加をよびかけるという志向をもっているというものだった。この考え方は、社会民主主義とよばれる政治グループが市場万能主義に対抗するより広い勢力を結集しようとしていることを示していた。

民主主義インターへの志向は、この時点では、社会主義インターのなかで拒否されたようであり、アメリカ民主党も全体としては大きな関心を示すことはなかったようだが、こうした動きはさきにあげたガルブレイスの考え方を証明するものだったと僕は思う。要するに、イデオロギー的にはけっこう多様だが、労働組合とも一定の関係をたもち、最低賃金の引き上げや、低所得者層向けの医療保険制度の確立に熱心な議員たちがここでいうリベラル派にあたることになる。

こうした意味で一九八〇年代以降、世界を席巻した市場万能主義に対抗するさまざまな諸勢力をふくんだ新しい政党を僕はリベラル新党と自分で定義していたし、その考え方を村山首相にも説明した。村山首相にはいわなかったことであるが、僕はこうしたリベラル新党の党組織のあり方も従来の社会主義政党の組織論からは再考すべきものがあると考えていた。「パーティ」という用語は、アメリカのなかでは出たり入ったりが自由な集まりをさす場合があり、固い信条と党への忠誠からなる党員で構成されるよりは、それこそ出たり入ったり自由なパーティというものを想定してはどうか、ということも考えていた。こうした党のあり方には、さきにみたニューウェーブの人びとの議論も影響していた。

このような党のあり方を田辺誠さんに説明し、田辺さんは賛成してくれた。田辺さんはリベラル新党の準備会の準備会といったものを組織して、会合をかさねていた。僕が借り主になって学士会館で数回にわたって行なわれたこの会合には、一部上場企業の社長、防衛庁の元上級幹部といった、これまでの社会党にはない広い人材がふくまれており、田辺さんの人間関係の広さを示していた。

社会党のほうでも、こちらはリベラルのうえに社民という用語をつけて、社民リベラル新党をめざすという方向がうちだされていた。これを推進したのは、久保亘書記長だった。政策面では、関山信之政審会長の諮問委員会で社民リベラル勢力の結集をめざす政策的基準を策定する「二一世紀日本の選択」というタイトルの報告書がまとめられていた。この諮問委員会の座長は諫山正新潟大学教授で、前にも述べたように、僕とは深いつきあいをもっていた。

党内には、新党への足並みがそろわないことに業を煮やして、党を離脱して新党をめざすべきだとする山花貞夫前委員長のような考え方もあった。僕はなお、社会党ができるだけそろって新党にいくべきだと考えていたので、山花グループとは直接にはかかわらなかった。山花グループが離脱を発表する予定の一九九五年一月一七日、まさにその日に阪神・淡路大震災が発生して、同グループの行動は挫折した。

呼びかけ人会議の成立

社会党のほうは公式に新党へむかうために、各界の意見をきく円卓会議を開いたりした。ここに参加した市民団体代表などは、集権的な政党ではなく、ネットワーク型の党をめざすべきだと主張した。こうした動きは、僕が構想し田辺グループとして活動していた方向とだいたいにおいて一致していたように思う。

一九九五年七月の参議院選挙で、社会党は大幅に議席を減らしたが、公式には新党をめざす方針にかわりはなかった。この方針でもっともよく動いたのは、五島正規社会党副書記長だった。五島さんはニューウェーブの会員の一人だった。僕とも話し合って、僕の組織面での考え方を理解してくれた。実際にも、五島さんは、横路さん、新党さきがけ所属の鳩山由紀夫さん、東京市民21というローカルパーティの代表をしていた海江田万里さんなどとリベラル・フォーラムをつくって連携して、リベラル新党の実体化も試みていた。集権的ではなく、多角的なリベラル新党という組織論にもっともよく理解を示したのは、五島さんだったと思う。

リベラル新党への動きは急速に進展して、一九九五年九月には、「新しい政治勢力結集の呼びかけ人会議」の結成総会がひらかれた。これは新党の呼びかけ団体になるはずであった。ここでは、呼びかけ人会議の予備会合でまとめられたアピールに賛同して集まった各界の人々により、「〝転換の時代〟をこえて二一世紀への新しい日本の政治を築くことを目的として、市民に根ざす新しい政治勢力の結集」を呼びかける「アピール」をあらためて採択した。

さらに、「アピール」は「国民主権、恒久平和、基本的人権を内容とする日本国憲法の精神を創造的に発展させることを共通理念」とし、①平和と互恵の国際社会の樹立、②分権と地域主権の確立、③環境との共生、人間の尊厳、公正と連帯を保障する福祉社会、④男女共生、社会的弱者をふくむすべての人々の社会参加、の四つの分野で民主主義の成熟をはかっていくことが、新しい政治勢力の課題であるとした。「アピール」はまた、政治勢力の結集は多様な価値観をもった市民のグループがネットワーク的に結合する「共働の場」「連合の場」であるとしつつ、現在の政治制度のもとで力を発揮していくためには、一つの政党のかたちをとることが必要であると述べた。新党の名称は仮称として「民主連合」とされた。アピールの原案は、五島さんと相談しつつ、僕が書いた。内容的には「戦後革新」から「リベラル」への道筋を示したものだと思っている。

このアピールには、社会党議員、労働組合幹部、生協・障害者団体など市民運動の活動家、学者・文化人など五五人がそれぞれ個人の資格で署名した。このうち、二二名が社会党の執行委員もしくは同党所属の国会議員だった。呼びかけ人会議の座長には、宗教評論家の丸山照雄さんと社会党参議院議員で同党副委員長の千葉景子さんが選出された。この総会では、アピールにもとづき、一〇月下旬に新党結成準備を行なうことが確認された。総会で閉会のあいさつに立った社会党の久保書記長は、「小選挙区のなかで勝利できる極となるような新党をつくる。この新党のなかでは社会民主主義も生き生きと活躍できるようにしたいが、それだけではなく、勤労者、生活者の立場にたつ幅広い結集をはかりたい」と述べた。

労働組合の方でも、リベラル新党への活発な活動が行なわれた。自治労、全電通、電機連合など二一の産別組織は、民主リベラル新党結成推進労組会議をつくり、「呼びかけ人会議」や、前述のリベラルフォーラムと連携して、新党の結成を推進していくことを確認した。

東京では、社会党支持の労組やローカルパーティ、自民、新進両党以外の東京選出の国会議員らが参加して、リベラル結集をめざす東京会議も発足した。この組織には新党さきがけの菅直人さん、社会党を離党した山花貞夫さんなどの国会議員も参加した。社会党のすぐ外側では、社会党が決意すれば、リベラル新党がすぐにでもできる勢いを示していた。

一九九五年九月に開かれた社会党臨時大会には、「かかげよう、新党の旗」のスローガンがかかげられた。社会党の中央執行委員会は、一九九六年一月に予定されている社会党大会を解党大会にすることも決定した。社会党の側でも、「死んで生きる」方針が確立されたかにみえた。

リベラル新党の挫折

だが、そこまでだった。一九九五年の年末、社会党委員長でもある村山首相は、来年の党大会を解党大会にはしないとの意向を発表した。この発言によって、それまでつくられていた各種の準備会はすべて活動を中止した。

一九九六年一月の社会党大会は、党名を社会民主党とかえることだけを決めた。これ以前の一月五日、村山さんは首相を辞任する意向を表明した。村山首相が僕に会ったとき、「私の目標は村山内閣が片山内閣より一日も長くつづくことである」と語ったが、実際にその在任期間は片山内閣を超えた。

政策の実施では、前年八月にだした、アジアの人びとに反省と心からのお詫びの気持ちを表明した「戦後五〇年にあたっての首相談話」のように、社会党が参画した内閣ならではのものもあったが、経済社会政策面では、市場を重視する官僚主導の政策を推進したと僕は思う。ある意味で、これらの分野は、橋本内閣、小泉純一郎内閣にひきつがれる市場万能の考え方に近いものだった。いってみれば、村山内閣は戦後五〇年の首相談話を置き土産にして、戦後革新の次の新しい政治勢力、リベラル新党への動きも封じ込めてしまったといえる。

なぜリベラル新党は失敗したのか。直接の責任はむろん村山さんにあり、僕が直接、村山さんの口からきいたところでは、社会党が統一してやれるものでなければならない、というのがその答えだった。しかし、新党への道を閉ざすことによって、社会党からは五月雨的に離党者がでて、議会勢力としてはほとんどゼロにまで衰退していくことを考えれば、村山首相の考え方はまったくまちがっていたといわなければならない。

新党推進の側にも問題があった。前述の呼びかけ人会議の代表である丸山さんは、村山首相が新党への道はとらないと声明すると、怒りたって代表を辞任し、呼びかけ人会議自体が機能しなくなってしまった。この呼びかけ人会議は、やや不思議な組織で、半分は社会党の議員などで構成されていたが、のこりの半分は、将来のリベラル政党に参加することを想定した無党派の人たちだった。呼びかけ人会議は、その意味では社会党からは半独立の組織であり、その組織の性格を活用して、新党推進派の労働組合などと連携してなおリベラル新党をめざす動きができたかもしれないが、呼びかけ人会議自体がその道をとざしてしまったという側面もあった。

推進側にはもともと田辺誠さんの準備した会合、自治労、全電通、全逓のような新党推進の労働組合勢力、ローカルパーティのような党の周辺組織などがあったが、これらを統一して新党にもっていくリーダーが欠如していた。この点ではくりかえしていえば、連合会長に山岸さんが残っていれば、あるいはまた異なった展開をしたかもしれない。これはまた、歴史家がやってはならないifではある。

また話は清水慎三さんに戻る。清水さんが亡くなったのは、一九九六年一〇月で、享年八三歳だった。その三カ月前、清水さんの教えをうけた旧社会党青年部の活動家たちが、信州穂高の旅館に清水さんを招いて、歓談する会をもった。集まったのは、西風勲さん、仲井富さん、粟森喬さん、立山学さんなど、合わせて二〇人ほどだった。この席で、出席者が全員発言したあと、清水さんが、いわばまとめのスピーチをされた。これは清水さんの人生最後のスピーチで、遺言のような意味あいを含んでいたように思う。

その内容を全部記憶しているわけではないが、中心となったものは、総評・社会党ブロックを軸とする「戦後革新」が日本の政治で決定的な役割を演ずることができなくなった現状のなかで、日本の将来を何に託するか、というテーマであったと思う。清水さんのこのテーマへの回答は、「リベラルへの期待」というものではなかったか。話の最後であったと記憶するが、「鳩山由紀夫氏はどうかね」とリーダーの名前まであげられたと記憶する。いってみれば、清水さん自身、中核的な役割を演じてきた「戦後革新」を引き継ぐ潮流が、さまざまな要素を含むリベラル勢力の結集しかありうる道はなく、清水さんの後進たるものは、このことを心得て活動するように、というのが政治的遺言だったように思う。

少なくとも二〇二〇年代はじめの今からみて、残念ながら、この遺言がそのまま実現することはなかったと思う。たしかに、いったんは、民主党の結成と二〇〇九年の政権交代をつうじて、その実現の道筋が見えたかにおもわれたが、結果としては、その政権は無残な姿をさらして終了した。くりかえしていえば、このプロセスに僕自身がかかわることはなかったが、なぜそのようなプロセスが進展してしまったかは、つぎの世代の心ある人びとによって解明してほしいと思う。僕自身の解答はないが、多少の示唆は最終章で行なうつもりである。

リベラル新党の流産とともに、すこしでも戦後革新に新しい道を開きたいと思ってプランを描きつづけてきた僕の活動も終わりをつげた。

3 二つの歴史

総評史

実は、連合が成立したあと、村山内閣が崩壊し、リベラル新党の試みが挫折するまでのあいだに、僕は、研究者としてはといってもいいと思うが、二つの重要な「歴史」の検証にたずさわり、著作として刊行していた。一つは『総評四十年史』で、もう一つは『日本社会党史』であった。

まず『総評四十年史』である。総評が解散したあと、旧総評の後継組織とされていた総評センターは、一九五〇年に結成されて四九年間にわたる総評史の編纂委員会を発足させた。僕は総評センターから編纂の実務の責任者を依頼された。編纂委員会の委員には、研究者から兵藤釗さん、旧総評のスタッフから宝田善さん、井上定彦さん、龍井葉二さんらが参加した。この四人は、後述の課題史の一部を担当したほか、草稿をこまかく点検し、事実関係の有無や関連性について誤りをただすなど、編纂委員会で中心的な役割を担った。

僕はこの編纂にあたり、通常の年史とは異なる手法をとりいれることを主張し、編纂委員会で受け入れられた。全体では三巻で編成することになっていた。そのうち第三巻は、総評がだした資料について基本的にすべてその名称と所在を明らかにすることにした。これはのちに研究者などが総評のさまざまな側面を研究するうえでの便宜をはかるためだった。これはこれで、いまでも重要な資料的価値をもっている。

ついでにいえば、総評にかんする資料収集という点では、この第三巻よりも国労にいた野田鉄郎さんの仕事のほうがはるかに立派だった。野田さんは日本労働研究機構（現在の労働政策研究・研修機構）の嘱託となり、総評関係の資料の現物を収集し、書庫のなかに収めるという作業を行なった。収集作業後には目録を作成されたが、この目録は僕たちがつくった総評史第三巻よりもはるかに点数も多く、立派なものとなっている。

総評史といえば、二つの方法が考えられる。一つは、総評が関係する重要な運動やイベントを網羅的にとりあげるという手法である。もう一つは、総評といっても、総評「本部」に焦点をあわせ、どのような役割を果たしてきたかに焦点をあてるという方法である。これは、労働運動の司令部としての総評に焦点をあてるという手法にほかならない。僕は今回の作業では後者ですすめることを主張し、編集委員会で了解された。

ところで総評史というかぎりは、総評の毎年の主要な出来事を欠かすわけにはいかない。いわゆる年史の部分である。従来の労働組合の歴史では、このいわば年史だけに終わっているものが多いが、僕はそうはさせたくなかった。このため年史の部分は、むしろ基本的な事項にかぎって記述し、重要な出来事については、別に課題ごとに記述するということにした。その課題史も五年おきにまとめた課題と総評史全体を通ずる課題の二つにわけて、前者は五年ごとに年史のあとに配置し、全体を通ずる課題史は年史とは別に収録するというやり方をとった。

僕の提案した方針は基本的に了解された。年史は法政大学の平井陽一君と立教大学の井上雅雄君の二人に依頼し、二〇年ずつ前半と後半を分担して書いてもらった。ただ、いろいろ書き足りないことなどもあって、最終的には僕が調整した。調整した結果についても、実はこの年史の部分については、不満が残っている。不満というのは、一年ごとに書いてしまうと、毎年、たとえば春闘のように、同じようなことが繰り返され、うまく山場が表現されないという問題点が生じるからだ。

むろんこれを補うものとして、五年ごとの課題史と全体を通ずる課題史を配置したのだが、こちらの方はそれぞれの関係者に書いてもらい、これも僕が調整した。結果的には、課題史の方は、思った以上に出来がよかったと思う。

課題史のなかでも圧巻となったのは、小川淳君に執筆してもらった総評の内部組織と内部のあり方の変遷であったと思う。総評の全期間にわたって組織の変遷、財政の状況、地方組織との関連について、詳しくかつ適切な記録を残していただけた。ついでにいえば、小川君は総評の解散時まで総評のスタッフとして残り、スタッフの行き先をすべてつけた人である。そのほか、課題史としては、たとえば生産性向上をめぐる総評の考え方の変遷を井上定彦君が書いた。これはなかなか難しい論点を含んでおり、たとえば日本生産性本部ができた時点と現在からみた時点とでは評価が異なるといった論点は残るが、井上君は巧みに処理したと思う。

外部の研究者では兵藤さんに、外からみた総評というテーマで書いていただいた。そのなかには大河内・高野論争なども含まれていたが、時代の変遷とともに、総評の位置がどのように変化していくかを示していて興味深かった。

というわけで、総評史の編纂は僕にとって大きな栄養となった。今「戦後革新」という視点から振り返ってみると、なぜ総評が戦後革新の中核となりえたかについてはよく示されている。「戦後革新」の中核には、やはり「労働」があったことがよくわかる。ここでいう「労働」とは、労働者の生涯的な生活を含めた広い概念である。そうした広い意味の「労働」を改善したいという意欲と、日本国憲法がむすびついたところに「戦後革新」は位置していた。

しかし、逆に総評がなぜその中核の位置から降りなければならなかったか、いいかえれば、「戦後革新」そのものが崩壊していかなければならなかったか、という点での総括は不十分だったように思う。

できあがってから、総評センター側は主要な参加者たちに中国旅行を提供してくれた。主として、四川地方を旅行したが、かなりの難事業をこなしたという実感がわいた旅行だった。僕は総評史の編纂で労働ペンクラブ特別賞をいただいた。僕が書いたわけではなかったので、特別賞というかたちをとったということだ。あとにも先にも、どこかから賞なるものをいただいたのはこれだけだ。

社会党史

『日本社会党史』の執筆を依頼してきたのは、社会党史編纂室にいた伊藤陸雄君だった。一九九五年末は社会党の結党五〇年にあたっていたから、当初の計画では、『日本社会党五〇年史』として発刊される予定だった。しかし発刊がやや遅れ気味になっていた一九九六年はじめに、社会党は党名を社民党に変更したので、社会党の全史を対象とすることとなった。発行も社会党ではなく、社会民主党全国連合だった。

編纂は正式には日本社会党史編纂委員会がやることになっており、なかでも作業委員会が責任をもっていたが、実際にはすべて僕が最初の文章を執筆した。それぞれの時代について、河上民雄さんに第一稿の入念なチェックを行なっていただき、有益な助言をくださった。専従の中執を体験した方々それぞれの専門的な分野については、やはりチェックを行なってもらったが、なかでも曽我祐次さんと森永栄悦さんの二人には、ほとんどつきっきりで僕の草稿をチェックしていただいた。この二人はかつて党本部書記局で一方は佐々木派、他方は江田派の領袖ともいうべき位置を占めていたので、そうした時期には、いわば犬猿の仲であった。が、この時点では実に仲良く行動しておられた。

というわけで僕に全面的な責任があるわけではないが、厳しいチェックのわりに修正点は少なく、ほとんど僕の草稿が活きた。それも当然のことで、内容は大会報告資料などを利用し、まず各年に生起した事項を日表風に並べ、ほぼその順序にしたがって記述していったものだからだ。そこでは発生したイベントやリーダーの言動は資料にしたがって記されたものの、その評価については何も書かれなかった。こうしたやり方の結果として、事実の正確な羅列という内容になり、異論の出ようがなかったことになる。

とはいえ、事実がすべて書かれたわけではなく、取捨選択が行なわれていることはたしかだから、記述されたものと記述されなかったもののあいだに評価の違いがあるという点で、実際には評価がなされている。ただ、多くの関係者が納得したことからみて、その点でも大きな誤りがあったとは思われない。

ほんとうのところ、なぜ社会党が「戦後革新」からリベラル新党への道をみずから閉ざしてしまったのか、を解明すべきであったが、それはもともとの意図とは異なっていた。

いずれにせよ、この二つの仕事で、僕は、戦後革新のもつ問題点をいろいろと知ることができた。「戦後革新」から「リベラル新党」へという着想も、こうした歴史研究とは無縁ではなかった。しかしそれも、一九九六年一月にすべて終わりをつげた。

第10章　戦後革新の墓碑銘

1　脚本家の終わり

二人の議長

二〇〇九年秋のある日、明石書店の石井昭男社長が主催するパーティが開かれた。このパーティは、衆議院議長に横路孝弘さん、参議院議長に江田五月さんが就任したのをお祝いするというのが趣旨だった。二人が三権の一つ、立法府の両院の長についたのは、いうまでもなくその直前に行なわれた総選挙で民主党が勝利したためだ。内閣総理大臣には鳩山由紀夫さんが指名され、この時点では、社民党も加わった連立内閣が発足していた。

前にも書いたように、横路さん、江田さんは揃って、かつては社青同の同盟員だった。僕とはともに安保闘争のデモに参加し、東大戸田寮での社青同学生班協議会で議論しあった仲間だった。その二人が揃って皇居で天皇から衆参両院の議長として認証される、という姿は、いってみれば、戦後革新の上りつめた姿を示していた。このパーティに参加した人たちは、なんらかのかたちで全員が社青同にかかわった人たちだったが、ほとんど全員が、僕もむろんそうだったが、感無量だった。

感無量とはいえ、参加者の圧倒的に多くは、戦後革新としてのかつての自分の願いが実現したとは思わなかったにちがいない。ある意味、悔しさを胸に秘めて、二人の議長の祝賀に参加していたに違いないと思う。

なぜ悔しいか。勝利し、政権を確保した民主党のなかには、二人の議長を含めて、たしかに戦後革新の立て役者たちも含まれていた。しかし、その主流は、決して戦後革新とはいえなかった。いってみれば、「戦後革新」という墓碑銘が書かれた墓のとなりに、巨大化しすぎた自民党からさまざまなかたちで分離した保守政治家たちを主流として成立した、反自民党政権だった。

思想的にみて、政権をとった民主党がどのような政党であったかは、僕にはよくわからない。すでにみたように、僕は教育文化協会のＲｅｎｇｏアカデミー・マスターコースで活動しており、その一科目として政治リーダーを迎え、そのリーダーの講義のあと、僕が質問をして聴講生の理解を深めるというプログラムがあった。立憲民主党の創立者で、二〇二一年総選挙の敗北で辞任することとなったが、民主党政権の時代には二人目の菅直人内閣の官房長官で、二〇一一年の原発の破壊をともなう東日本大震災のさいには対策の中心となった枝野幸男さんをこの講義に招いたことがある。枝野さんとは連合埼玉の事務局長をしていた鈴木雄一さんを通じて知り合っていたから、遠慮なく語り合える仲だった。講義が終わったあとの質疑のなかで、僕は枝野さんに「あなたはリベラルの立場ですか」と質問した。枝野さんの答えは「いや僕はリベラルではないよ。いうなら真正の保守だと自分は思っている」というものだった。

枝野さんがいうには、池田内閣以降にみられた高い経済成長、国民生活の改善、国民皆保険、国民皆年金などの社会保障は、日本では、すべて保守が少しずつ実現してきたものであり、しかし現在は市場万能主義に変わった自民党がもはやそうしたものを実現できなくなっているがゆえに、真正な保守政党による政権交代可能な新しい政党をつくらなければならないと考えて行動している、というのがその趣旨だったように思う。

でも、僕は、あえていえば、政権をとった民主党は、それに現在の立憲民主党も、リベラル政党に分類していいと思う。なにより、さまざまな潮流の人びととその運動をうけとめようとする寛容な政党であるからだ。ただ政治的・政策的に寛容であるだけなら、自民党もリベラルに分類されることになるが、政権をとった民主党も立憲民主党も、労働戦線統一の結果として実現した連合と積極的な協力関係をもっていることは、もう一つリベラルに分類してもよい要素となる。

枝野さん自身、客観的には、リベラルに分類してよい。部分的ながら、「戦後革新」の圧力を受けて、ヨーロッパでいうなら社会民主主義が福祉国家として実現してきたものを、保守本流の成果といっているのだから。

一方、連合は、小選挙区制を主軸とする選挙制度のなかで、政治的民主主義を担保するシステムとして、「二大政党的体制」の実現をかかげ、民主党政権が実現したときには、この政権と全面的な協力関係をもった。民主党政権の時代でのその協力関係の内容は、連合本部などから政府の内部に人材を派遣して連合の政策プランの実現をはかるというものだった。連合としての大衆運動は、民主党政権の安定を損なうという理由で、事実上禁止された。上智大学の三浦まり教授の用語法を借りれば、「インサイダー」的な関係だったといえる。これは、戦後革新の残照がまだあった細川政権期の連合と政権の関係とは異なる。細川政権期には、たとえば、政治改革をめぐって政府を支持する立場から一定の大衆運動が組織されていたし、連合が直接にとはいえなかったが、公的な介護制度の実現をめざす大衆的な行動に産別レベルからの支援も行なわれていた。

戦後革新の終わり

こうした民主党政権の動きに僕はまったく関係がなかった。くりかえしていえば、一九九六年に社会党主導のリベラル新党が挫折したとき、僕の戦後革新としての人生も終わっていた。政権獲得以前・以後を含めて民主党とのかかわりは、大沢真理東大教授が主査になっていたジェンダー問題のプロジェクトに加わったことぐらいだ。大沢さんが、ジェンダーメインストリーミングの立場から書いたよくできた政策メモが、その後どうなったかはまったく知らない。

僕からの聴きとり調査をやって『民主党政権への伏流』を書いた前田和男君は、僕を「脚本家」と位置づけてくれた。挫折にもかかわらず、何度も何度もシナリオをつくってきた僕のことを「脚本家の限界」と評してくれた。たしかに僕は、さまざまな場面で戦後革新を結集して連合政権を実現するために、いろいろな構図を描いてきた。しかし、リベラル新党の挫折以降は、このような試みをしなかったというよりは、もうできなくなった。

できなくなったもっとも大きな理由は時代の変化だった。たとえば、僕が体験したような飢えにちかい貧困は、一般的には「豊かな社会」の到来とともに解消した。戦争への恐怖は、とくに核戦争への恐怖は、ソ連・東欧陣営の崩壊で一応はおさまっていた。そのかわり、新しいかたちでの貧困と社会的格差の拡大、あるいは環境破壊といった問題が大きくなった。戦後の民主化を象徴する日本国憲法についても、「守る」といえば、多くの人びとを結集できたが、軍部の抑圧や戦争の惨禍を直接には知らない世代が多数派となるとともに、自明の原理とはいえなくなった。「二つの世界」はなくなったが、新しいかたちでの核兵器と国家間の対立がいまの世代を覆っている。

このような世代的な違いは、終戦時にまだ国民学校一年生にすぎなかった僕と、すでにもの物心がついていた少し上の世代とのあいだでもある。たとえば、思想的な信条の左右でいえば、相対的には、山岸さんは右、僕は左ということになると思うが、「護憲」という信条にかんしていえば、山岸さんの方がはるかに強固だった。一九九三年に山花貞夫さんが社会党の委員長に選出されたとき、「創憲論」をうちだした。僕はある程度にこれに賛成して、協力した。たとえば、基本的人権についての項目は、すべて「日本国民」についてのみ保障されているのは、日本国憲法が市民的憲法になっていないせいで、改めるべきは改めるべきだ、などと論じた。山岸さんはこうした僕の意見にはとても怒って、あくまで「護憲だ」と主張した。わずかな年齢差ではあるが、そこでは大きな世代間の差を感じたものだ。このような世代間の差は、僕たちと、つぎの世代のあいだにもとうぜんある。

僕の脚本家人生は、失敗の積み重ねだったと思うが、「戦後革新」の墓の下のどこかにはうまっていると思う。世代が変化するにつれて、政治や社会を、より良きものに変えていくためには、その世代に即した脚本が必要だと思う。個人でもよい、グループでもよい、新しい時代をつくろうとする努力を重ねている政治団体や社会団体のためには、新しい脚本が必要である。

2 最後の二五年

大学・教育文化協会

僕の「戦後革新」としての脚本家人生はリベラル新党の挫折とともに終わった、生身の人間としてはその後も二五年も生きているのだから、その間、なにもしなかったわけではない。

「新宣言」の草案を書き、リベラル新党に血道をあげていた時期にも、僕が勤務する日本女子大学のための活動を怠ったわけではなかったが、一九九六年以降には、日常の講義やゼミにくわえ、新たに大学院の修士課程や博士課程の創設を実現したり、定年前の三年間には家政学部長兼理事もやらされたりした。理事としては幼稚園、保育所、小学校の担当にもなり、保育所でクリスマスにサンタクロースの姿をして登場したこともあった。学部長時代には、遠く離れた川崎市多摩区の西生田キャンパスにある人間社会学部を東京都文京区の目白キャンパスに移転する計画を学長とともに推進した。ここでも僕はプランナーとしての役割をもたされた。お金がない日本女子大学で改革を実現するために、敷地の一部を使って、女性の一人暮らし用のマンションを半分、図書館など大学の施設を半分とする高層建築計画を立て、空いた敷地に人間社会学部をもってくるというプランを立てた。学長など理事も賛成し、全学教授会にかけたが、重要事項方式とされ、三分の二の賛成を得ることができず、このプランはおシャカになった。

どこにいっても僕のプランは絵に描いた餅になる運命のように思われる。でも、本人はこのようなプランをつくることに楽しみを感じている。

大学のゼミや大学院のコースからは、多くの有能な人材を世にだしたことを誇りに思っている。いろいろな悪条件とたたかいながら、働きつづけている女性たちが多いのも僕のゼミなどの特徴ではないかとひそかに思ったりしている。そのなかには、大学の教員のほかに、労働組合やそれに関連するシンクタンクで、重要な役割を演じているひとたちもいる。

二〇〇七年三月、僕は日本女子大学を定年退職した。その後、山口福祉文化大学などで教壇に立って、主として外国人留学生に社会政策などを教えた。外国人留学生への教育は専門学校などをつうじていまも続けている。

しかし何といっても、僕がもっとも力を入れたのは、すでにみたような教育文化協会のＲｅｎｇｏアカデミー・マスターコースや各大学での寄付講座だった。これらは脚本家失脚以降の僕の生きがいだった。

林政審など

大学外でも多少の活動はした。一九九〇年代のはじめ、僕は全林野（全林野労働組合）の吾妻実委員長の依頼によって、林政審議会に労働側委員として出席することになった。連合のなかでは労働側委員は労働組合のリーダーがいいという意見もあったそうだが、全林野はそれを押し切って僕を一応研究者でありながら、労働側委員として決め、林野庁もこれを了承した。

当時、日本の森林は大変な状況になっていた。建築資材が不足していた一九五〇年代に植えた杉材はそろそろ生育し、販売の対象となるべき時期だったが、外国産の木材におされ売れ行きはかんばしくなく、価格も下がるばかりで、林野の特別会計は猛烈な赤字を計上していた。僕は林政審の委員になったあと、あちこちの現場を見せていただいたが、雨の漏らない事務所はないほどだった。

杉材が足りないということで杉ばかり植えた結果は、花粉症の原因となったし、雑木林に比べると、保水能力が弱く、山崩れの原因などにもなった。適切な間伐をしないと販売すべき木材がちゃんと育たないが、予算不足と人手不足が重なって、必要な間伐が行なわれない山がたくさんあった。間伐が行なわれても伐採された木は山に放置されることも多かった。

日本の森林は全体として危機状況にあり、それを管理する林野庁も財政面から危機的な状況におかれていた。そのため、林野庁としては森林総合計画を拡充し、国家予算から資金を注入できるようにしようと計画した。

僕は委員のなかでもよく発言するほうだったと思う。計画の原案ができるたびに、事前に林野庁の役人が僕の事務所にやってきて丁寧な説明をした。要するに林野庁の計画に賛成してほしいという趣旨を伝えたかったようだ。説明そのものは実にきちんとしてくれたので助かったが、それで僕の発言が制約されたわけではなかった。森林総合計画を拡充するにあたっての根本は、僕は森林そのものの位置づけにあると考えていた。そこで僕は、全林野とも相談して、森林とくに国有林が「公共財」であるという理論的枠組みを計画のなかに盛り込もうということで一致した。

実はいろいろな議論のすえ、多くの委員もこれに賛成して、新しい総合計画の原案のなかには森林が「公共財」であるという考え方が明記された。

ところが、次の会合の前に林野庁の役人がやってきて言うには、「先生、だめでした。大蔵省にもっていって、この案を見せたら、公共財という言葉は絶対に使ってはいけないと厳しく命令されました」。公共財林という用語を使用すると、直ちに財政責任が発生してしまう、というのが大蔵省の言い分だったようだ。林野庁が大蔵省に逆らうわけにはいかないので、結局、目玉となる「公共財」という用語が総合計画から除かれてしまった。

逆に、全林野の説得に失敗したこともあった。林野の関係では公務員と民間労働者の両方があり、民間労働者のほうは木材の需要との関係で雇用がきわめて不安定な状況にあった。そこで僕は、流域ごとに森林公社をつくり民間労働者も公務員も一緒にして、公共財としての森林を守る仕事と木材の供給を行なう仕事の双方をやることで完全雇用のしくみをつくり、全員が公社の職員になるようにしてはどうか、というプランを提案した。しかし、これは全林野から頭から拒否された。自分たちが公務員としての資格を得るためにどれほどの闘争をしなければならなかったか、という話を聞かされて、僕はこのプランを審議会で提案するのをやめた。

告白しなければならないが、約一〇年間の委員をしている間に、林野庁と全林野の双方から実質的には「観光」をずいぶんさせてもらった。屋久島では通常の観光客が利用しない登山道を案内してもらい、縄文杉をすぐ間近で見た。知床では熊が見られるということで案内をいただいたが、残念ながら実際には見られなかった。鹿はいたるところにいた。案内していただいた係員からは熊を撃退する道具をもっていたが、それを実際に使用するための材料を買う費用がないために、役に立たないことも告白された。

知床では当時、古くて大きい木を切るかどうかをめぐって林野庁と地域の環境団体が対立していた。林野庁の言い分では、古い大きな木の陰になってしまうと次の世代の植物が育たないと主張し、エコロジストたちは、一木一草たりとも処分すべきではないと言って、原理的に対立していたが、現場をみても僕にはどちらが適切な意見かはわからなかった。そのほか、熊野古道などへも連れていってもらったが、ここでは住宅などを新築して外国人労働者を活用している事例もみた。

この審議会の僕の任期の最後のころは、ちょうど小泉内閣期のはじめにあたっていた。小泉内閣は環境問題にかかわる審議会から横断的に委員を集め、懇談する場を首相官邸に設置した。コーディネーターには京都大学の佐和隆光教授が就任していた。どういうわけか、林野庁はこの懇談会に、労働側として入ったはずの僕を委員として派遣した。僕としては、持論の公共財論などを言ったが、何の効果もなかったようだ。ただ会議には短い時間、小泉首相が出席して、間近でみられたという特権があった。

結局のところ、審議会自体はおもしろかったし、いろんな知識も得られたが、一体これは何をやっているのかという点では、あまり明確な答えが得られなかった。

連合の成立前後、全林野以外にも産別の研究会に出席させていただいたものがある。ひとつは、専売公社の民営化後の全たばこ（全日本たばこ産業労働組合）で、田中学さんも一緒だった。ここでは従来、県庁所在地などいわば一等地にタバコ製造工場があったものが、自動車の部品工場のようなかたちで、合弁企業に転換していく姿を現地でみせていただいた。現場の組合員からは、生産する品目は変わっても、これまでたずさわってきた製造の技能や勘は生きているという発言が何カ所でもみられた。大きなテーマでは、当時すすんでいた日本タバコ（JT）による海外企業の買収にどう対応するか、ということだった。

観光労連（観光・航空貨物産業労働組合連合会）の産別ビジョンを作成する研究会にも参加させていただいた。誘っていただいたのは、当時同労連の書記長だった高橋均さんだった。この研究会では、参加していた大手労組の委員から、組合員のなかには、賃金がある程度下がっても、自分の故郷の地元観光会社に転職したいという組合員がかなりいる、これを産別機能にどうつなげるか、という意見がでたのが印象に残っている。高橋さんはその後、連合副事務局長を経て、中央労福協（労働者福祉中央協議会）の事務局長となり、連合会長から転じた笹森会長とともに、労働者自主福祉活動の再活性化に大きな役割を果たされた。

山形でも審議会というわけではないが、運輸会社の運営実態を調べるためにつくられている適正化機関の評価委員会の座長という役をやはり一〇年以上にわたってやった。これは適正化機関が、適正に点呼を行なっているかとか、労働保険、社会保険などに加入しているかとか、数十項目の調査を毎年数十社について実施し、報告したものに対してその内容を確認したり、実施項目についての提案をしたりする機関だった。これはこれで運輸会社の実態、とくに労働環境を知るうえでは非常におもしろかった。

3　戦後革新のリーダーたちの思い出

総評の議長・事務局長の横顔

ほかの人びととおなじように、僕の人生を支え、豊富にしてくれた多くの人びとがあった。すでにみたように、家族、友人などとの繋がりは、その多くが僕の脚本家人生にも反映した。ただ、多くの人たちと異なるのは、僕は、「戦後革新」のトップリーダーの多数と知己をえたことだと思う。

僕は、歴代の総評議長、事務局長のうち、武藤武雄初代、藤田進二代目、原口幸隆四代目議長以外のトップリーダーとはなんらかのかかわりをもった。初代事務局長の島上善五郎さんと三代目議長の藤田藤太郎さんは、国会議員になってからのことであるが、聴きとり調査をさせてもらった。島上さんの戦前の運動経験で、労働組合の産業報国会への改組が実は偽装解散として行なわれた、という話などは興味深かった。

事務局長経験者のうち、高野実さんとは、僕の浪人時代に東京・調布の自宅でお目にかかった。つれていってくれたのは龍井葉二君だったと思う。「ニワトリからアヒルへ」の総評の転換を指導した高野さんについては、戦闘的な風貌と激越な話しぶりを想像していたが、実際にあってみると、まったく逆で、穏やかな風貌と、やはり穏やかな、しかし、説得力のある話しぶりが特徴だった。

太田・岩井時代以降の議長・事務局長についてはすでにふれたから、一つだけエピソードを加えよう。

僕は、太田薫さんの死後、合化労連の書記長をしていた塚田義彦さんに依頼されて、こわれかかっていた太田さんの自宅の書庫の整理を当時の大学院生に手伝ってもらって担当した。書庫に入ってビックリ仰天した。労働問題にかんする著作や資料はほとんどない。主なものは、労働省編『資料労働運動史』の何年かの版が一冊と、ドイツ社会政策学派のA・ワーグナーの著作が一冊だけだった。あとは大量の歴史小説・時代小説のヤマだった。僕も歴史小説・時代小説は大好きだから、とても親近感がわいたが、いったい太田さんは労働問題の勉強をどうやってしたのだろうという疑問もわいた。たぶん、情報やプランはブレーンでもあった塚田義彦さんが担い、そのうえで独特の勘を働かせて判断するというのが太田さんのやり方だったのだろう。

最後の総評議長の黒川武さんは、私鉄総連（日本私鉄労働組合総連合会）の委員長でもあり、一九八〇年代後半、労働戦線統一後の対処の仕方などについて、私鉄のあり方をどうするかをめぐって、よく話しあいの場をもった。ほとんどの場合、書記長の田村誠さんが同席した。田村さんは書記長になるまえは長く政治部長をされており、交通政策などをめぐってよくお会いして、親しくしていた。僕は、黒川さんに、田村さんを連合におくって重要な幹部の地位をもつようにしてほしい、などの意見を述べた。この意見は私鉄側の事情により、田村さんが私鉄総連の委員長になることで、実現しなかった。僕としては、山岸会長が実現した場合の強力な助っ人となってほしかったが、かなわなかった。

戦後革新とリーダー

戦後革新のもう一つの軸であった社会党のリーダーについてはそのときどきにふれてきたから、あらためてとりあげない。だが共通することがある。それは、これらのリーダーたちの一般社会における存在感である。たぶん「戦後革新」というものの存在感があってリーダーの存在感も生まれ、逆にリーダーの存在感があって「戦後革新」の存在感も増した、という相互関係があったに違いない。ともあれ、個人的なおつきあいをしても、魅力的な人びとであったことはまちがいがない。

おわりに

僕の人生を振り返って、ごく個人的なことをのぞけば、前章までで、すべて終わっている。文字通り「以て瞑すべし」だ。だが、残したことがある。ひそかに思うに、僕の人生は、「戦後革新」の後半における中心的な世代の、隠れた、しかし典型的な人生だったと思う。そのような僕の長い人生のなかで、モノを考えたり、行動したりした場合の「軸」となってきたのは一体何か、という論点だ。

結論からさきにいえば、僕の場合、高校時代の『ルイ・ポナバルトのブリュメール十八日』以来、一貫して「労働」だったと思う。これは、僕個人だけではない。「戦後革新」には総評というかたちで労働組合が中軸的な位置を占めてきたし、リベラル勢力の結集という点でも連合に参加する労働組合への期待が大きかった。つまり戦後革新といえ、リベラルといえ、その中軸には「労働」がすわっていた。

僕はここから先の展望についてはよくわからない。多元化し、多様化した諸勢力が、どのようなかたちで連携し、連合し、自民党政権と対抗し、政権をとってかわるか、といった話は、いってみれば未来史に属することなので、僕の自伝とはかかわりがない。

ただ、どのような諸勢力、諸グループの連携があるにしても、やはり僕は「労働」、つまり働くことが中軸となっていなければならないと思う。なぜなら、どのような変化があろうとも「労働」を欠如すれば、人間社会が成り立たないということは真理であり続けると思うからだ。それは、労働者の多数派が製造業から医療や介護、教育などを軸とするサービス産業労働者に移っても同じことであるし、またいわゆる第四次産業革命とも称せられる、たとえばＡＩの発展があっても同じことだと思う。「労働」が軸であるという意味は、さまざまな「労働の人間化」が行なわれなければならないということだ。すべての人々が人間的労働に従事する新しい社会システムを構築することを軸として、さまざまな改革を行なう諸勢力こそが、いまでは墓場に入った「戦後革新」の後継者ということになる。その意味では、連合が二〇〇〇年に発表し、その後も用語法には修正があるものの内容的には堅持されている、「二一世紀ビジョン」のスローガン、「労働を中心とする福祉型社会」という表現は、僕の胸にはすっきり入ってくる。連合がこの目標をどこまで忠実に追求したかは、またべつの検証が必要であるが……。

このような人間的労働をめざす用語として一九九〇年代末以降、最初はＩＬＯで、のちには世界的に政治にかかわるあらゆる分野で使用されるようになった用語が、ディーセントワーク（decent work）だ。

もともとディーセントという英語は、難しい言葉ではない。「まあまあの」とか、「人並みの」とか、「恥ずかしくない程度の」といった水準をさす言葉だ。しかし、連合やＩＬＯ駐日事務所では「働きがいのある人間らしい仕事」と訳している。ディーセントワークのもつ内容まで含めての訳になっているが、要するに、普通の人びとが普通に人間的に生きていける内容をもつ「労働」のあり方を示すものだ。

ＩＬＯの定義では、ディーセントワークは「自由、公正、保障および人間の尊厳という条件のもとでの男女のための生産的労働」とされている。一般的には、生涯にわたって公正な所得と時間を含む安全・健康が保障されている、すべての人間に対して平等な機会と処遇を実現している、労働者とその家族に対する社会的保護が確立されている、個々人の発達と社会的統合の機会を提供している、労働者が表現と団結の自由を有する、自らの運命にかかわる決定にはみずからが参加する権利がある、といった内容がディーセントワークである。

新型コロナ・ウイルスのなかで発生した医療崩壊を考えれば、ディーセントワークの意義はすぐわかる。医療崩壊は、病床不足といわれたが、病床それ自体は、野戦病院の方式でも応用すれば、いつでもつくれる。足りないのは、その病床を担当する医師、看護師、医療技術者などの「労働者」だ。看護師にかんしていえば、資格をもちながら働いていない人びとが五〇万人と推定されるが、その多くは出産退職だとされている。看護師にかぎらず、多くの女性労働者が自分の能力を実現できる社会的な仕組みがない。

現在の日本には、その日ぐらしのいわゆるフリーターが多くいる。派遣労働者や実態は雇用なのに業務契約ということで自営業主とされている人びとだ。その多くは、一九九〇年代後半以降の就職氷河期の学卒者で、いまや四〇歳代になる。これらの人びとは、自分の能力を磨いて、新しい職につく機会もえられない。

日本が経済成長力を失い、一人当りGDPで先進国の下位におちこんだのも、この三〇年間まともに賃金があがらず、国内の有効需要が増大しなかったことが圧倒的に大きい。

AIが活動しうるためには、大量の記憶をインプットする単純作業がともなう。このような単純作業を長時間、何年、何十年にわたって、しかも単純労働ということで低賃金で行なう人びとがいるとすれば、これはけっしてディーセントな状態ではない。AIが人間社会に真に貢献するとすれば、こうした人びとに人間的な報酬、時間、将来の発達などを保障するシステムとセットになってはじめて実現しうる。全人類的な課題であるSDGsにしても、エネルギー源の転換や生産システムの変更など、すべて「労働」のあり方がかかわってくる。

重要なことは、ディーセントワークは、グローバリゼーションとも対応しているということだ。海外に生産拠点を移した日本の企業は、日本でつくった製品を輸出して利益をあげるのではなく、海外拠点でつくった製品の利益を本国に送還する。ここでは、ディーセントワークを基準として、日本の企業は雇用責任を問われることになる。

このような意味で、ディーセントワークを積極的に推進するかどうかは、最終的に政治の面でいわゆる左右の分岐点になるだろう。左右のそれぞれが多様なグループによって構成されるにしても、である。

僕が経験してきた「戦後革新」のもっとも重要なもの、たとえば「護憲」といった内容も、実はこうした「労働」を軸にしていたと思う。そのことが明らかになれば、「戦後革新」は、その用語自体は、墓碑銘としてのみ残っても、そこで作用した政治軸は、時代の変化にもかかわらず、引き継がれていくと思いたい。

略歴

年	略歴	国際・政治・経済・社会
一九三九	3. 岐阜県岐阜市に生まれる	
一九四一		12. 第二次世界大戦勃発
一九四五	4. 岐阜市立梅林国民学校入学 6. 青墓村へ疎開、村立青墓小学校に転校 9. 岐阜市北一色へ移住、市立長森北小学校に転校	8. 第二次世界大戦終結 9. マッカーサー、五大改革指令 11. 日本社会党結成
一九四六		8. 総同盟再建、産別会議結成
一九四七		5. 日本国憲法施行 6. 片山連立内閣成立（〜四八・2）
一九四九		10. 中華人民共和国成立
一九五〇		6. 朝鮮戦争勃発 7. 総評結成
一九五一	4. 岐阜市立長森中学に進学	9. 対日講和・日米安保両条約調印 10. 社会党分裂
一九五三		5. 重光首班論
一九五四		1. 左社綱領

	4. 岐阜県立岐阜高校に進学	4. 全労結成
一九五五		1. 八単産共闘（春闘の始まり） 5. 砂川闘争開始 7. 総評岩井章事務局長就任 7. 共産党六全協（武力革命放棄） 10. 社会党統一（11. 自民党結成、五五年体制成立）
一九五六		7. 参議院選挙、革新三分の一議席確保 10. 勤評闘争開始 （この年、高度経済成長始まる）
一九五七	4. 東京大学文科Ⅰ類入学、三鷹寮寄宿、歴研参加	
一九五九	4. 東京大学経済学部に進学、大河内ゼミ所属 11. 総評長期政策委員会（事務局長清水慎三）嘱託（学生身分のまま）	9. 社会党大会、西尾末広統制委員会付託
一九六〇		1. 三池労組、無期限スト突入 6. 安保闘争六・一五事件、樺美智子死亡
一九六一	3. 東京大学経済学部卒業 9. 社会党本部書記、政策審議会配属	
一九六四	2. 社青同中執、国際部長など	8. トンキン湾事件、ベトナム戦争本格化

一九六六		11. 西ドイツ大連立政権成立 12. 宝樹論文発表
一九六七	4. 社会党教宣局に配置換え	4. 美濃部都知事当選
一九六八		4. プラハの春 10. 社会党成田委員長就任（〜七八・3）
一九六九		12. 社会党、総選挙で大敗
一九七〇	3. 社会党本部書記局希望退職	8. 総評、市川議長・大木事務局長体制成立（生活闘争論）
一九七一	4. 武蔵野美術大学非常勤講師	
一九七三		10. 第一次オイルショック
一九七五	4. 法政大学経済学部兼任講師	11. スト権スト
一九七六	4. 山形大学人文学部助教授就任（八四・1教授）	7. 総評槇枝・富塚体制成立（〜八三・7）
一九八〇		8. ポーランド、グダニスク造船所スト、「連帯」成立
一九八四	4. 日本女子大学家政学部教授就任	
一九八五		10. 国労修善寺大会
一九八六		1. 社会党『新宣言』採択 9. 社会党土井たか子委員長就任

一九八九		11. ベルリンの壁崩壊 11. 連合結成大会（山岸章会長）
一九九〇		3. ニューウェーブの会発足
一九九一		7. 社会党田辺誠委員長就任（〜九二・12）
一九九三		8. 非自民・非共産八党派の細川護熙連立内閣発足（〜九四・4）
一九九四		6. 社自さきがけの村山富市連立内閣成立（〜九六・1）
一九九五		1. 阪神淡路大震災
一九九六		1. 社会党、社会民主党に改称
一九九八		4. 民主党結成
二〇〇〇	11. Rengoアカデミー・マスターコース教務委員長就任	
二〇〇五	4. 日本女子大学家政学部長就任	
二〇〇八	3. 日本女子大学定年退職	
二〇〇九	4. 山口福祉文化大学(至誠館大学)教授就任（〜一五・3）	9. 民主党政権成立（〜一二・12）
二〇一一	7. Rengoアカデミー・マスターコース副校長に就任、現在に至る	3. 東日本大震災発生
二〇二〇	4. 山手ビジネスカレッジ校長	

主要業績

著書（単著）

『国際労働運動　ナショナリズムの克服をめざして』（日本経済新聞社、一九七三年）
『春闘論　その分析・展開と課題』（労働旬報社、一九七六年）
『山川均　日本の社会主義への道』（すくらむ社、一九八〇年）
『労働組合の進路　常識からの脱却』（第一書林、一九八七年）
『社会民主主義の挑戦！　資本主義はほんとうに勝ったのか？』（ＪＩＣＣ出版局、一九九〇年）
『新・社会民主主義の挑戦！　政権交代可能な政治勢力の結集』（労働経済社、一九九二年）
『労働経済と労使関係』（教育文化協会、第一書林（販売）、二〇〇二年）
『労働者福祉論　社会政策の原理と現代的課題　総論』（教育文化協会、第一書林（販売）、二〇〇五年）
『ものがたり現代労働運動史１　一九八九―一九九三』（明石書店、二〇一八年）
『ものがたり現代労働運動史２　一九九三―一九九九』（明石書店、二〇二〇年）

著書（共著・編著・共編著・監修）

『国鉄労働組合東京地方本部20年史』（労働旬報社、一九七一年）（清水慎三監修、共編：国鉄労働組合東京地方本部）
『現代の労働組合主義１　機能と思想』（教育社、一九八一年）（共著：山岸章）
『自立への熱望　ポーランド１９８０年』（国際文化出版社、一九八一年）（共著：富塚三夫・大内秀明・新田俊三）
『ヨーロッパの政権と労働組合』（第一書林、一九八四年）（共著：真柄栄吉・大内秀明・新田俊三・福田豊）
『概説日本の社会政策』（第一書林、一九八六年）（共著：木村武司、ダグフィン・ガト）

『土井社会党　政権を担うとき』（明石書店、一九八九年）（共著：大内秀明・田中慎一郎・福田豊・新田俊三）
『ニューウェーブの社会民主主義』（労働教育センター、一九九一年）（ニューウェーブの会＋高木郁朗編）
『市場・公共・人間　社会的共通資本の政治経済学』（第一書林、一九九二年）（共編：宇沢弘文）
『転換と新しい構想　ヨーロッパの政権と労働組合』（第一書林、一九九二年）（総評センター編、共著：大内秀明・住沢博紀）
『自立と選択の福祉ビジョン』（平原社、一九九四年）（編著）
『清水慎三著作集　戦後革新を超えて』（日本経済評論社、一九九九年）（編）
『良い社会を創る　21世紀のアジェンダ』（御茶の水書房、二〇〇三年）（共編：生活経済政策研究所）
『女性と労働組合　男女平等参画の実践』（明石書店、二〇〇四年）（共編：連合総合男女平等局）
『共助と連帯　労働者自主福祉の課題と展望』（教育文化協会、第一書林（発売）、二〇一〇年）（監修、教育文化協会・労働者福祉中央協議会編）
『日本労働運動史事典』（明石書店、二〇一五年）（監修、教育文化協会編）
『増補改訂版　共助と連帯　労働者自主福祉の意義と課題』（明石書店、二〇一六年）（監修、教育文化協会・労働者福祉中央協議会編）

責任編纂、編集委員など

山形県労働組合評議会編『山形県労評三十年史』（第一書林、一九八三年）（岩本由輝・岡本充弘と草稿執筆）
総評四十年史編纂委員会編『総評四十年史』一―三巻（第一書林、一九九三年）（編纂委員長）
日本社会党50年史編集委員会『日本社会党史』（社会民主党全国連合、一九九六年）（編集委員長）
教育文化協会編『ものがたり戦後労働運動史』一―一〇巻（教育文化協会、一九九七―二〇〇〇年）（編集委員長）

単行本収録論文など（単著）

「現代日本の国家権力」（大内兵衛・向坂逸郎監修『大系国家独占資本主義　第6巻　現代日本の政治とイデオロギー』河出書房新社、一九七一年）

「労働組合史における企業別組合『労働』の自立化機能展開の可能性」（清水慎三編著『戦後労働組合運動史論　企業社会超克の視座』日本評論社、一九八二年）

「日本労働組合運動における『右派』の系譜　総同盟型とJC型の同質性と異質性」（清水慎三編著『戦後労働組合運動史論　企業社会超克の視座』日本評論社、一九八二年）

「日本の企業別組合と労働政策」（講座今日の日本資本主義編集委員会『講座今日の日本資本主義　第7巻　日本資本主義と労働者階級』大月書店、一九八二年）

「公労協『スト権奪還スト』（一九七五年）政治ストの論理と結末」（労働争議史研究会編『日本の労働争議1945～80年』東京大学出版会、一九九一年）

「日本社会党」（北村公彦編集代表『現代日本政党史録　第6巻　総括と展望　政党の将来像』第一法規、二〇〇四年）

「21世紀へのアジェンダ　解題にかえて」（住沢博紀・堀越栄子編『21世紀の仕事とくらし　社会制御と共生契約の視角』第一書林、二〇〇八年）

雑誌収録論文（単著）

「看護婦をめぐる労働市場と組合活動　大河内教授演習参加者の実態調査と共同討議から」（『労働経済旬報』四七七号、一九六一年七月一日）

「解放運動の前進と予算要求斗争　日本社会党の部落解放政策」（『部落』一四巻三号、一九六二年三月）

「社会党における〝集中〟と〝拡散〟 60年代の党の終わり」（『エコノミスト』四八巻五三号、一九七〇年一二月一五

日)
「マルセイ運動の国家的背景」(『月刊労働組合』四九号、一九七一年四月)
「労働戦線再編のゆくえ　日本型ビジネス・ユニオニズムの基盤」(『エコノミスト』四九巻四六号、一九七一年一一月二日)
「働きすぎる日本人=問題の視角」(『月刊総評』一七九号、一九七二年五月)
「現代ナショナル・センター論」(『労働経済旬報』八六七号、一九七二年八月二一日)
「現代国家と多国籍企業」(『現代の眼』一四巻一号、一九七三年一月)
「合理化を推進する『列島改造』　強力な労働力政策の展開を」(『エコノミスト』五一巻四号、一九七三年一月三〇日)
「インフレ体系のなかの労働者　働くほど、とりこまれる装置」(『エコノミスト』五一巻一六号、一九七三年四月一二日)
「73春闘と新しい質の労働組合運動　対政府直接交渉方式の意義と展望」(『賃金と社会保障』六二六号、一九七三年五月二五日)
「多国籍企業と労働運動」(『総評調査月報』八一号、一九七三年六月)
「国民春闘は成果を勝ちとれるか　社会的な生活条件の拡充こそ」(『エコノミスト』五二巻一二号、一九七四年三月二五日)
「貫徹した日本型所得政策　『賃金か雇用か』に敗れる」(『エコノミスト』五三巻二三号、一九七五年五月二七日)
「分岐した労組の物価政策　焦点定まらぬインフレ阻止闘争」(『月刊労働問題』二一一号、一九七五年七月)
「労働戦線『再構築』の胎動」(『世界』三五八号、一九七五年九月)
「社会契約の日本的展開」(『経済評論』二五巻四号、一九七六年四月)

「日本型『参加』と民主的『規制』」（『労働法律旬報』九一九号、一九七七年一月一〇日）
「交通運輸産業における労使関係の規定要因　試論ふうに」（『山形大学紀要（社会科学）』八巻一号、一九七七年七月二〇日）
「政党再編成下の労働組合」（『世界』三八一号、一九七七年八月）
「『参加的規制』への転進　過渡期における苦悩の模索」（『朝日ジャーナル』一九巻三九号、一九七七年九月三〇日）
「労働運動の冬はつづく　『雇用優先』論理の落し穴」（『世界』三八九号、一九七八年四月）
「地域闘争と自治体労働者の役割　雇用闘争を中心に」（『月刊自治研』二〇巻七号、一九七八年七月）
「社会的公共的サービスの概念について　生活闘争の基礎理論」（『資料平和経済』二〇七号、一九七八年一月）
「『ヤミ』給与問題と労働運動」（『世界』四〇八号、一九七九年一一月）
「パートにみる新しい芽（労働者群像・一九八〇〈ルポルタージュ〉）」（『世界』四一二号、一九八〇年三月）
「『管理春闘』と労働組合運動の主体性　『管理春闘』を打破する論理と運動とは何か」（『月刊労働問題』二八四号、一九八一年二月）
「賃金水準と資本蓄積　賃金の自立的変化の可能性」（『社会政策学会年報』二六集、一九八二年五月）
「『管理春闘』打破の共同行動を組織できるか　全民労協の力量と疑問」（『朝日ジャーナル』二五巻五号、一九八三年二月四日）
「全民労協の結成と今後の労働運動」（『季刊労働法』一二七号、一九八三年三月）
「経済のサービス化と雇用」（『経済評論』三二巻八号、一九八三年八月）
「労働組合の社会的機能と組織展開」（『経済評論別冊・労働問題特集号6　労働組合再入門』、一九八三年一二月）
「国鉄改革をめぐる理論的諸問題　経営形態と労使関係」（『社会政策学会年報』二八集、一九八四年五月）
「公務労働について考える」（『月刊自治研』二六巻九号、一九八四年九月）

「国鉄再建闘争をどうすすめるか」（『月刊総評』三三〇号、一九八五年六月）
「円高不況で浮上する労組の責任　国民経済の悪化に歯止めを」（『エコノミスト』六五巻一一号、一九八七年三月一〇日）
「『連合』の発足と地域・中小労働運動の展望」（『賃金と社会保障』九七七号、一九八八年一月一〇日）
「雇用形態別ユニオンの可能性と労使関係」（『労働レーダー』一三四号、一九八八年七月）
「日本における労働組合の『転開』　総評労働運動の総括私論」（『社会政策叢書』一三集、一九八九年）
「新規雇用か残業か　別れ目は割増し率75％」（『ひろばユニオン』三二七号、一九八九年五月）
「「課題山積する『巨象』の前途」（『朝日ジャーナル』三一巻五二号、一九八九年一二月一日）
「現代が求める組織論とは何か　ネットワーク型組織と政党のあり方」（『月刊社会党』四三六号、一九九二年一月）
「リベラルと社民のあいだ」（『平和経済』三九〇号、一九九四年七月）
「55年体制の崩壊過程と村山政権」（『労働経済旬報』一五一六号、一九九四年七月二〇日）
「社会党はもはや存在なき無責任集団　新党構想野前に自ら盛大な葬儀を営むべきだ！」（『政界』一七巻三号、一九九五年三月）
「リベラル新『党』のシナリオ私論」（『月刊社会党』四七八号、一九九五年四月）
「史上最悪の失業率が組合を問う　EUの雇用・失業政策　むしろ福祉政策や環境政策からの雇用効果は大きい」（『連合』一三二号、一九九九年四月）
「コミュニティ・ユニオンの組織と活動」（『社会政策学会誌』三巻、二〇〇〇年）
「多面的機能を支える森林・林業労働を考える」（『山林』一四一〇号、二〇〇一年一一月）
「『労働教育』の再建のために　第一回　寄付授業「女性と労働組合」の開設を機に」（『労働法学研究会報』五七巻二〇号、二〇〇六年一〇月一五日）

「大内力先生の想い出（故大内力前副理事長・本誌編集委員長を偲んで）」（『学士会会報』八七八号、二〇〇九年九月）
「仕事と家族の両立へ　民主党政権の課題」（『マスコミ市民』四九四号、二〇一〇年三月）
「生活保障政策 みえぬ将来像 生活保障の基軸示せ」（『ひろばユニオン』五八〇号、二〇一〇年六月）
「東日本大震災後の社会システム」（『社会環境論究　人・社会・自然』四号、二〇一二年一月）
「社会保障の在り方の論議なく、消費増税是か非かだけ　『一体改革』で論議するせっかくのチャンスを失った」（『マスコミ市民』五二二号、二〇一二年七月）
「インサイダー戦略を超える　ナショナルセンターとしての連合の可能性」（『生活経済政策』二〇三号、二〇一三年一二月）

共同研究・書評など

「単産研究（第1回）電機労連の研究」（『賃金と社会保障』七〇七号、一九七六年一〇月一〇日）（藁科満治・早川征一郎・山田陽一・永山利和）
「単産研究（第2回）私鉄総連の研究」（『賃金と社会保障』七一四号、一九七七年一月二五日）（吉岡一雄・内山光雄・早川征一郎・山田陽一・永山利和）
「単産研究（第3回）合化労連の研究」（『賃金と社会保障』七二二号、一九七七年五月二五日）（塚田義彦・山田陽一・早川征一郎・永山利和）
「単産研究（第4回）鉄鋼労連の研究」（『賃金と社会保障』七二八号、一九七七年八月二五日）（斎藤安忠・横山進・早川征一郎・山田陽一）
「単産研究（第5回）国鉄労組の研究」（『賃金と社会保障』七三四号、一九七七年一一月二五日）（細井宗一・武藤久・早川征一郎・山田陽一）

「単産研究（第6回）海員組合の研究」（『賃金と社会保障』七三五号、一九七七年一二月一〇日）（平郡友春・岡部定夫・永山利和・柿沼靖紀）
「単産研究（第7回）観光労連の研究」（『賃金と社会保障』七四七号、一九七八年六月一〇日）（福留一徳・北岡孝義・高田佳利・山田陽一・永山利和）
「単産研究（第9回）全電通・電通共闘の研究」（『賃金と社会保障』七六八号、一九七九年四月二五日）（山岸章・橋本さとし・佐賀健二・永山利和）
「林政審答申と林野行政」（『労働経済旬報』一五八八号、一九九七年七月二〇日）（吾妻実）
「兵藤釗著『労働の戦後史・上下』」（『賃金と社会保障』一二〇七号、一九九七年八月一〇日）
「中北浩爾『日本労働政治の国際関係史』米国の対日労働政策と日本の労働政治」（『世界の労働』五九巻五号、二〇〇九年五月）

翻訳（訳書・共訳書・監訳書）

『ペンタゴン・キャピタリズム　軍産複合から国家経営体へ』（朝日新聞社、一九七二年）（セイモア・メルマン著）
『変化する世界と労働組合　先進各国の課題と展望』（教育文化協会、第一書林（販売）、一九九九年）（監修、シャウナ・L・オルニィ著、教育文化協会訳）
『ジェンダー主流化と雇用戦略　ヨーロッパ諸国の事例』（明石書店、二〇〇三年）（ユテ・ベーリング、アンパロ・セレーノ・パスキュアル編、共訳：麻生裕子）
『国際比較　仕事と家族生活の両立　日本・オーストリア・アイルランド』（明石書店、二〇〇五年）（監訳、OECD編著、麻生裕子・久保田貴美・松信ひろみ訳）
『図表でみる世界の社会問題　OECD社会政策指標　貧困・不平等・社会的排除の国際比較』（明石書店、

二〇〇六年）（監訳、ＯＥＣＤ編著、麻生裕子訳）
『図表でみる世界の社会問題　ＯＥＣＤ社会政策指標　貧困・不平等・社会的排除の国際比較２』（明石書店、二〇〇八年）（監訳、ＯＥＣＤ編著、麻生裕子訳）
『図表でみる世界の社会問題　ＯＥＣＤ社会政策指標　貧困・不平等・社会的排除の国際比較３』（明石書店、二〇一三年）（監訳、ＯＥＣＤ編著、麻生裕子訳）

編者あとがき

総評・社会党ブロックを中核とする戦後革新が日本政治で大きな影響力を持ったのは、アジア太平洋戦争の惨禍に基づく平和主義、労働組合の組織力などに加え、マルクス主義に代表される社会主義の知的優位が存在した。だが、高度経済成長を経て、日本が「豊かな社会」になると、革命を目標とするマルクス主義の魅力が薄れて、絶えざる改良を重んじる社会民主主義が浮上し、社会党は「日本における社会主義への道」にかわる『新宣言』を採択する。高木先生は、その原案の執筆者として知られる。

しかし、高木先生を理論家と呼ぶのは、違和感が残る。総評や社会党の書記局で勤務した経験に基づき、政党や労働組合に寄り添いながら活動の指針を提供するブレーン、本書の言葉では「脚本家」としての役割こそが、高木先生の真骨頂であった。与野党伯仲のなかで独自の連合政権を模索した社会党の成田委員長への助言、国鉄の分割民営化への流れを食い止められなかった国労の民主的規制をめぐる議論、社会党の終焉に至るリベラル新党の模索など、本書を繙くと、戦後革新の数々の岐路が鮮やかに浮かび上がる。

私事になるが、高木先生と初めてお会いしてから、三〇年近くになる。自民党を与党、社会党を野党第一党とする五五年体制が終わる前夜の一九九二年一〇月一七日、日本女子大学の高木先生の研究室で行われた清水慎三先生のオーラル・ヒストリーの場である。当時、修士課程の院生であった私は、高木先生のほか、田口富久治、兵藤釗、熊沢誠といった著名な研究者の傍らに座って、とても緊張したことを覚えている。この聴き取りは、後に『戦後革新の半日陰』として刊行される。

一九九六年に清水先生が亡くなられ、著作集を編集する話が持ち上がった。高木先生を中心に、龍井葉二さん、中島正道先生、清水克郎さんというメンバーの末席に私が加えられ、日本経済評論社の栗原哲也社長、谷口京延さんが編集を担当された。毎回、会議の終了後には目白のレストランで、話に花が咲いた。その輪のなかに高木先生の門下生の皆さんがいて、後日そのうちの一人、首藤若菜と結婚することになった。そうしたことで、高木先生との公私にわたる交流が深まり、続いてきた。

私からみて高木先生は、決して偉ぶらない、フランクな性格の持ち主である。小柄な体に少し汚れたリュックサックを背負って現れ、ショートピースをくゆらせる。初めて対面した際、女子大の教授とも、社会党の理論的ブレーンとも思えなかったという記憶がある。しかし、これほど頭がいい人物を私は知らない。筆も立つ。学者にありがちな原理的な批判ではなく、情況を読み解いて実践的な解決策を提示する。総評・社会党ブロックのブレーンでありながら、その後も連合に頼りにされてきたのは、それゆえだと思う。

振り返れば、私が親しく交流するようになったのは、高木先生が戦後革新の「脚本家」を降りて以降である。私は社会党研究からスタートしたから、折に触れ、高木先生に過去のエピソードをお聞きした。「僕が関わった国労も総評も社会党も、すべて駄目になったよ」とこぼしながら、様々な解釈を織り交ぜてお話しくださった。「今のお話を墓場まで持っていくのは、もったいない。失敗に終わろうとも、どのような模索がなされたのか書き残しておくべきではないか」。こういうやりとりが繰り返されたと記憶している。

その後、龍井さんと二人がかりで説得し、ようやく高木先生に重い腰を上げていただいた。オーラル・ヒストリーは、連合会館を管理する（公財）総評会館の会議室で二〇一四年六月二九日から二〇一六年四月二三日にかけて計一〇回、高木先生の回想をうかがった上で質疑応答を行うという形式によって実施され、最終的に二〇一九年四月一日、『高木郁朗 回顧と対話』という簡易製本による冊子にまとめられた。今回、この冊子を参照しながら、改めて高木先生に書き下ろしていただき、本書が完成した。

オーラル・ヒストリーには、龍井さんに加え、浜谷惇、大和田悠太、松永優紀の三氏が参加し、特に大和田氏には記録の整理、松永氏には会場の確保にあたっていただいた。また、テーマに即してゲストをお呼びした。高木先生の記憶に誤りがあった場合に訂正し、歴史的な事実の評価に正確を期すためであり、浜谷氏のほか、初岡昌一郎、伊藤陸雄、野田鉄郎、北岡孝義の各氏である。この場を借りて改めてお礼申し上げるとともに、お亡くなりになられた伊藤氏に哀悼の意を表したい。

改めて書き下ろしていただいて充実したのが、第一章、とりわけ大学入学までの記述である。シャイな性格の高木先生は、オーラル・ヒストリーの際、私的なことを語るのを極力控えられた。しかし、それを付け加えることで、ライフ・ヒストリーとして完結した姿を備えたように思う。戦後革新が決して抽象的な理念ではなく、ある時代の生き生きとした人々の営為のなかに存在したこと。高木郁朗という魅力ある一人の人生の記録を通じて、我々はその事実を知ることができる。
末筆になってしまったが、病気と闘いながら精魂を傾けて本書の執筆にあたってくださった高木先生、校正作業にご協力いただいた高橋均さんと木村裕士さん、刊行のための条件を整えてくださった教育文化協会の村杉直美さん、そして出版をめぐる状況が厳しい折、ご助力を賜った旬報社の木内洋育社長に対して、心から感謝申し上げたい。

中北浩爾

［著者・編者紹介］

高木郁朗（たかぎ・いくろう）

一九三九年生まれ。東京大学経済学部卒業。山形大学教授、日本女子大学教授を歴任し、現在、日本女子大学名誉教授。著書に『国際労働運動』（日本経済新聞社）、『春闘論』（労働旬報社）、『労働経済と労使関係』（教育文化協会）、『労働者福祉論』（教育文化協会）等、編著に『ものがたり戦後労働運動史（全一〇巻）』（教育文化協会）等、監修に『日本労働運動史事典』（明石書店）、『増補改訂版共助と連帯――労働者自主福祉の意義と課題』（明石書店）等、訳書に『ＯＥＣＤ図表でみる世界の社会問題』（明石書店）ほか多数。

中北浩爾（なかきた・こうじ）

一九六八年生まれ。東京大学大学院法学政治学研究科博士課程中途退学。現在、一橋大学大学院社会学研究科教授。著書に『経済復興と戦後政治』（東京大学出版会）、『日本労働政治の国際関係史』（岩波書店）など。

戦後革新の墓碑銘

二〇二一年一二月一〇日　初版第一刷発行

著者……………高木郁朗
編者……………中北浩爾
装丁……………佐藤篤司
発行者…………木内洋育
発行所…………株式会社 旬報社
〒一六二-〇〇四一 東京都新宿区早稲田鶴巻町五四四
TEL 03-5579-8973　FAX 03-5579-8975
ホームページ http://www.junposha.com/
印刷・製本……中央精版印刷 株式会社

 ISBN978-4-8451-1730-7